ullstein

IRMGARD KEUN, 1905 in Berlin geboren, feierte mit ihren beiden ersten Romanen, *Gilgi - eine von uns* und *Das kunstseidene Mädchen* sensationelle Erfolge. 1936 ging sie ins Exil und kehrte vier Jahre später mit falschen Papieren nach Deutschland zurück, wo sie unerkannt lebte. Im Literaturbetrieb der Nachkriegszeit konnte sie zunächst nicht an die Erfolge ihrer ersten Bücher anknüpfen, bis ihre Romane Ende der Siebzigerjahre von einem breiten Publikum wiederentdeckt wurden. Irmgard Keun starb 1982 und zählt heute zu den wichtigsten deutschsprachigen Autorinnen des 20. Jahrhunderts.

Von Irmgard Keun sind in unserem Hause erschienen:
Das kunstseidene Mädchen · Gilgi - eine von uns · Ferdinand, der Mann mit dem freundlichen Herzen · Ich lebe in einem wilden Wirbel · Nach Mitternacht · Das Mädchen, mit dem die Kinder nicht verkehren durften · Wenn wir alle gut wären

IRMGARD KEUN

D-Zug dritter Klasse

Roman

Ullstein

Besuchen Sie uns im Internet:
www.ullstein.de

Wir verpflichten uns zu Nachhaltigkeit
- Papiere aus nachhaltiger Waldwirtschaft und anderen kontrollierten Quellen
- Druckfarben auf pflanzlicher Basis
- ullstein.de/nachhaltigkeit

MIX
Papier
FSC FSC® C083411

Neuausgabe im Ullstein Taschenbuch
1. Auflage März 2022
2. Auflage 2024

Erstveröffentlichung 1938

Umschlaggestaltung: Büro Jorge Schmidt, München
Titelabbildung: ullstein bild / © Imre v. Santho
Gesetzt aus der Albertina powered by *pepyrus*
Druck und Bindearbeiten: CPI books GmbH, Leck
ISBN 978-3-548-06595-3

An einem späten Nachmittag im Juni verließ ein D-Zug den Anhalter Bahnhof in Berlin. Es war ein rechtschaffen ausgestatteter Zug mit Schlaf- und Speisewagen, mit erster, zweiter, dritter Klasse, mit schönen blanken Klosetts, emsig fegenden Reinmachefrauen, unpraktischen Aschbechern und mühsam zu öffnenden Fenstern.

Würstchen, Schokolade, Erfrischungen, Eau de Cologne, Zeitungen, belegte Brötchen …

Enteilt ist der Zug dem heißen, grauen Lärmgewoge des Bahnsteigs, den bahnhoflich dürftigen Waren, der trüben Betriebsamkeit fliegender Händler mit fliegenden Kunden.

Der Zug fuhr nach Paris. Er fuhr seit einer halben Stunde, und die Reisenden zählten nicht mehr angstvoll ihre Gepäckstücke in den Netzen. Sie hatten Mäntel aufgehängt und Decken ausgebreitet, sie begannen, auf ihren Plätzen zu wohnen.

In einem Abteil dritter Klasse saßen sieben Menschen, vier männliche und drei weibliche.

Eine laue Ruhe füllte den kleinen Raum. Orangenrotes Sonnenlicht flimmerte durch die Scheibe, mischte sich mit den ersten zaghaften und bläulich aufsteigenden Rauchwölkchen einer Zigarette. Im Gepäcknetz lag ein Riesenstrauß aus welkenden Heckenrosen und Jasmin, rosa und weiße Blütenblätter flatterten lautlos tänzelnd herab. Es ging nett und sommerlich zu in diesem Abteil, die Leute fingen bereits an, schweigend miteinander vertraut zu werden.

Ein dicker, mondgesichtiger Herr, Bewohner eines Fensterplatzes, wischte sich mit einem großen, weißen Tuch Schweiß von der Stirn, lächelte dazu freundlich und munter, als wolle er die Mitreisenden auffordern, gemeinsam ein Liedchen zu singen. Er schien sehnsüchtig nach Ansprache, Gemütlichkeit und Verbrüderung. Er öffnete den breitlippigen Mund, vielleicht wollte er ein paar allgemein verständliche Worte über die Hitze sagen.

»Der Zug wird entgleisen«.

Der Zug fuhr unter einem Viadukt her, sekundenlang flimmerte kein Sonnenlicht durch die Scheibe, im Abteil herrschte knisterndes Schweigen.

Ein junger Mann, er saß auf einem Eckplatz am Gang, hatte den unheilvoll klingenden Satz gesprochen, lächelnd und leise. Eine feine, kleine Verbeugung hatte er dazu gemacht, als stelle er, ein unbedeutender junger Mensch, sich einer würdigeren Gesellschaft vor.

Der junge Mann schien nicht zu ahnen, daß sechs Menschen ihn ansahen, verblüfft, mit Staunen – und daß aus dem Staunen hier und da Zorn wuchs. Seine blauen Kugelaugen blickten kindlich verträumt, aus dem Gepäcknetz fielen rosa Blütenblätterchen in sein helles Haar. Seine gefalteten schmalen Hände ruhten auf seinen mageren Knien und badeten im warmen, milde verglühenden Licht der untergehenden Sonne.

Zwiesprache mit seinem Schutzengel schien der junge Mann zu halten und nicht zu hören, daß eine junge Frau plötzlich seufzte: »Meinetwegen soll er entgleisen. Gott sei Dank.«

Die junge Frau saß am Fenster, dem Mondgesichtigen gegenüber. Sie sah hübsch und etwas zerzaust aus und erschrocken über ihre eigenen Worte. »Sei ruhig Tante«, murmelte sie und strich mit ihrer runden, hellen Hand flüchtig über den Arm eines älteren Fräuleins, das neben ihr saß.

Die Tante war ruhig. Sie lächelte still und listig vor sich hin, als wisse sie manches, das andre nicht wußten.

Sie war seltsam anzusehen und dazu angetan, unter normalen Reiseumständen die Aufmerksamkeit der Mitreisenden zu wecken und eine Zeitlang wach zu halten. Sie war nicht angezogen, sondern verkleidet. Eine große Kappe aus schwarzem Wachstuch hatte sie tief in die Stirne gezogen. Ein paar graublonde Haarsträhnen hingen darunter hervor. Sie hatte einen kläglich verschnittenen schwarzen Lodenmantel mit schwarzem Wachstuch besetzt an; darunter trug sie eine Art Panzer, etwas sich wölbendes Metallenes, das mit einem schwarzen Strickstoff mangelhaft umkleidet war. Das Panzerartige endete in der Taille, wo der Rock begann, ein Rock aus dunkelrotem Plüsch mit eingepreßten Mustern – aus einem Stoff, wie er früher für Sessel und Polsterstühle verwandt wurde. An ihren dünnen, alten Fräuleinhänden trug sie viele Ringe, Amethyste und Opale in altmodischer Fassung. Ihr Gesicht war breit und zerflossen, der Mund auch im Lächeln dünn zusammengezogen. Die kleinen hellbraunen Augen bewegten sich unruhig, unaufhörlich spähend hinauf und hinunter, nach rechts und nach links.

Neben dieser Tante saß ein großer, breitschultriger Mann von ungefähr vierzig Jahren, teuer und geschmackvoll gekleidet. Er sah grimmig und etwas versoffen aus. Die verstörte junge Frau neigte sich über die Tante hinweg ihm zu und legte ihm die Hand auf die Schulter, zaghaft und auch vertraulich. »Sei nicht böse, Karl.« Karl sah noch grimmiger aus als zuvor, streifte die Hand von seiner Schulter und entfaltete eine Zeitung.

Mit zitternden Händen kramte die junge Frau aus einer großen, feuerroten Ledertasche eine runde, silberne Puderdose hervor und eine verdrückte Zigarette. Die Puderdose fiel zu Boden, und die junge Frau begann zu weinen. Sie weinte wie ein Schulkind, indem sie die Unterarme auf das kleine Klapptischchen vor sich legte, den Kopf auf die Arme bettete. Sie machte es sich behaglich zum Weinen. Sie schluchzte leise, das blonde Haarknötchen in ihrem Nacken wippte und zitterte, und es wippten die wolkigen Puffärmel ihrer etwas schmuddeligen weißen Seidenbluse.

»Ich kann keine Frau weinen sehen«, seufzte der dicke Mondgesichtige und sah aus, als wolle er gleich mitweinen.

»Mein Gott«, stöhnte neben ihm eine behäbige Frau und ließ ein Ei fallen, das rund und weiß zwischen die blank geputzten und arg geflickten schwarzen Schuhe eines alten, weißhaarigen Herrn rollte. Die junge Frau hob den Kopf und putzte sich die Nase. Karl trommelte mit den Fingerspitzen Marschtakte auf seinem Knie.

Der junge Mann bückte sich, um das Ei aufzuheben. Der magere alte Herr wurde rot, suchte zuerst seine Füße unter der Bank zu verbergen und erhob sich dann schnell, ein wenig zittrig in den Knien. »Sie sind an allem schuld«, rief er zornig. »Ich habe es satt, in einem Irrenabteil zu fahren. Sie sind schuld, jawohl Sie.«

»Ich?« Der junge Mann war grenzenlos erstaunt. »Wieso denn? Woran soll ich denn schuld sein?«

»Sie haben gesagt, der Zug wird entgleisen, das ist grober Unfug, das muß bestraft werden, das ist schlimmer als Unfug, Sie sind ein Verbrecher. Und Sie, junge Frau – Sie können ruhig wieder anfangen zu weinen – was fällt Ihnen ein? Wenn Sie Kummer haben und lebensmüde sind, machen Sie das mit sich ab und wünschen Sie deswegen keine Massenkatastrophe herbei.«

»Ich will in ein anderes Abteil«, schrie die behäbige Frau, die das Ei verloren hatte, »ich bin nicht abergläubisch, ich kenn sowas nicht, meine Schwester glaubt an Spinnen, aber manchmal geht so was in Erfüllung, ich will in ein anderes Abteil.«

»Wofür denn das?« Der dicke Mondgesichtige sprach mit rheinischem Tonfall. »Regt Euch doch nit auf, Frau. Entgleist ist entgleist bei nem Zug, ob Ihr nu hier im Abteil sitzt oder woanders. Meine Frau hat es auch immer mit so abergläubische Dinge, ich halt da nix von, ich laß mich nit jeck mache, aber man könnt ja bei der nächsten Station aussteigen.«

Der grimmige Mann Karl knurrte böse.

»Man sollte den Zugführer rufen«, sagte der alte Herr und öffnete entschlossen die Tür des Abteils.

Dem Abteil gegenüber lehnte ein dünnes männliches Wesen in verstaubtem dunkelblauen Anzug am offenen Fenster und hielt ein kleines Mädchen auf dem Arm. Das hatte ein mohnblumenrotes zerknittertes Kleidchen an, und sein strohiges blondes Haar wehte, als wolle es als fröhliche kleine Fahne der Lokomotive vorausfliegen.

Drei elegante Herren drängten sich durch den Gang, einer von ihnen stieß den älteren Herrn an, sah auf – »Ach, Herr Regierungsrat, wie geht es Ihnen? Hätte Sie beinahe nicht erkannt, prächtig sehen Sie aus. Ja, ja, das Nichtstun kann schon eine ganz gute Sache sein, möchte auch mal ausruhen, wie geht es Ihnen?«

»Armen Menschen geht es natürlich glänzend.« Die bitteren Falten um den Mund des älteren Herrn wurden noch schärfer.

Der muntere Elegante verabschiedete sich eilig und ohne Wärme. »Alles Gute, vielleicht sehen wir uns im Speisewagen?«

Der ältere Herr sah ihm einen Augenblick lang nach, kehrte dann mit scharfem Ruck in das Abteil zurück, setzte sich und schwieg vor sich hin. Er war reich gewesen, jetzt war er arm. Dafür waren andere jetzt reich, Dreckkerle, die er nicht ausstehen konnte. Das schlingerte da von der ersten Klasse zum Speisewagen, erwischte ihn als Mitinsassen dieses Kleinbügerabteils. Ekelhaft waren ihm die Leute, die mit ihm fuhren. Alle Menschen waren ihm ekelhaft. Mochte der verrückte Bengel recht behalten mit seiner Prophezeiung, mochte der Zug entgleisen. Ihm lag nichts an einem Leben ohne Geld, und den munteren Herren im Speisewagen war ein kleiner Unfall nur zu gönnen.

Ganz klein zusammengekrochen saß der ältere Herr in seinem sauber gebürsteten abgeschabten Anzug. Er war so blank und sauber vom weißen gescheitelten Haar angefangen bis zu den geflickten Stiefeln, kein Staubkörnchen deckte die Schäbigkeit seiner Kleidung.

Wo blieb der Zugführer? Was war mit dem alten Herrn? Die Reisenden waren bestürzt.

»Wenn ihn der Schlag trifft in diesem Alter und bei dieser Aufregung, dann ist es Ihre Schuld«, rief die behäbige Frau dem jungen Mann zu, »mein Schwager selig …«

»Ist Ihnen nicht wohl?« fragte der grimmige Mann Karl mit herzlicher Stimme, »ich bin Arzt, soll ich …«

»Nein. Mir ist wohl«, knurrte der ältere Herr.

»Also, dann werde ich jetzt den Zugführer holen«, der Mann Karl stand auf.

»Lassen Sie doch«, rief der dicke Mondgesichtige, »wofür soll das gut sein? Wenn wir das Personal vom Zug jetzt nervös machen, entgleist der Zug vielleicht erst recht. Aber es ist en Gemeinheit von Ihnen, junge Mann, die arm Frauen so aufzuregen.« Die behäbige Frau zitterte, und die junge Frau sah aus, als wolle sie gleich wieder anfangen zu weinen.

»Aber ich habe ja gar nicht diesen Zug gemeint«, sagte der junge Mann, freundlich und etwas erstaunt, daß nicht alle das sofort gewußt hatten.

»Na, dann ist ja alles gut.« Der dicke Mondgesichtige jubelte fast. »Warum haben Sie das denn nicht sofort gesagt?

Da können wir ja jetzt alle aufatmen.« Er atmete auf, er rieb sich die Hände, klappste die Behäbige auf die Schulter: »Wo fahrt Ihr hin, Frau? Nach Köln? Lieber Gott noch, da müßt Ihr mich aber besuchen kommen, mein Frau wird sich freuen, wir machen en Böwlchen auf em Dachgarten, in der Ehrenstraß wohn ich, gleich am Hohenzollernring, Cornelius Seiffert ist mein Name, Obst und Südfrüchte – warten Sie, ich geb Ihnen meine Geschäftskarte, wir wohnen im gleichen Haus vom Geschäft.« Für den Dicken war das Leben wieder leicht, heiter, problemlos. Der Anfang der Reise war etwas getrübt gewesen, nun war es höchste Zeit, zum gemütlichen Teil überzugehen.

Es schien jedoch schwer, alle Mitreisenden in eine flotte karnevalistische Stimmung zu bringen. Der dicke Mann erzählte laut und gut einen rheinischen Witz, erntete aber nur bei der behäbigen Frau einen leichten Lacherfolg. Die anderen Reisenden hockten teilnahmslos und trübselig auf ihren Plätzen.

Der dicke Mann pfiff plötzlich und holte seinen Koffer herunter. Er entnahm ihm eine große Flasche Steinhäger sowie zwei Wassergläser. »So, jetzt sollen sich erst mal die Damen stärken und wieder zu sich kommen.« Er entkorkte die Flasche, schenkte die beiden Gläser halb voll und reichte eins der Behäbigen, eins der jungen Frau. Die Behäbige schüttelte sich, bevor sie trank und schüttelte sich, nachdem sie getrunken hatte. Die junge Frau sah nach Karl, dann trank sie erst einen kleinen Schluck, dann einen größeren und gab mit leisem Dank das Glas zurück. Munterer war sie immer noch nicht geworden. Schade. Der dicke Mann seufzte. Gerade von einer jungen Frau kann während einer Reise soviel Anregung ausgehen. »Lacht doch, Fräulein, dann seid Ihr viel hübscher.«

Auch sonst hatte der Dicke mit seiner Werbeaktion keinen Erfolg, außer bei dem Mann Karl, dort allerdings einen großen und durchschlagenden. Karl trank ein Glas aus, seine grimmige Miene schwand, er ließ sich dankend noch einmal einschenken, prostete dem Dikken zu und wurde gesellig.

Der Schaffner kam, um die Fahrkarten zu kontrollieren.

Es schien, daß sowohl der ältere Herr wie die behäbige Frau nunmehr Beschwerde über den jungen Mann führen wollten. Die Behäbige erkundigte sich einleitend nach dem Funktionieren der Notbremse, und der ältere Herr sagte: »Sie als Beamter.« Weiter kam er nicht, auch er wurde abgelenkt durch das merkwürdige Verhalten des dicken Mondgesichtigen. Der Dicke begann zu schnaufen, sein Gesicht wurde noch röter, während er die Fahrkarte suchte, seine Hände zitterten.

Er suchte lange, er bat den Schaffner zu gehen und später wiederzukommen. Doch der Schaffner ging nicht. Seine Miene war streng und erwartungsvoll, der Dicke roch nach schlechtem Gewissen.

Der junge Mann war vergessen.

Sehnsüchtig sah der Dicke nach dem spaltbreit geöffneten Fenster, als könne er sich da hinauszwängen. Dann seufzte er resigniert, griff in die Brusttasche und reichte dem Schaffner ein Kärtchen von der Farbe munteren Wiesengrüns.

Die Miene des Schaffners blieb hart und dunkel. »Sie haben zweiter Klasse.«

»Aber ich habe Freunde hier«, log der Dicke sanft und bittend.

Zögernd verließ der Schaffner das Abteil. Dieser Fall schien ihm unklar und ungehörig.

»Hoffentlich darf ich sitzen bleiben«, sagte der Dicke. »Ich möchte nicht in die zweite Klasse, ich fühle mich hier gemütlicher. Zweiter Klasse habe ich nur genommen, weil meine Verwandten mich zur Bahn brachten. Die sollten nicht denken, wir hätten vielleicht nur so'n kleinen Gemüsekeller in Köln. Na, jetzt sind wir wieder unter uns. Prost junge Frau! Wie heißt Ihr?«

Die junge Frau schwieg. Sie war weich und blond und roch nach Lavendel. Neben ihr hing ein Mantel aus abgeschabtem hellbraunen Lammfell. Sie legte ihn sich um die Schultern. »Ich möchte etwas auf den Gang gehen«, sagte sie leise. Karl erlaubte es ihr.

Die junge Frau lehnte sich an das Gangfenster. Neben ihr lehnte der dünne ärmliche Mann mit dem blonden kleinen Mädchen auf dem Arm. Er war gut zu dem kleinen Mädchen, er hielt es fest. Die junge Frau bekam Heimweh danach, wieder klein zu sein. Ihr Vater hatte sie einmal während eines Gewitters durch einen Wald getragen. Im Hunsrück war es gewesen. Eine uralte zerknitterte Tante, die in einem winzigen Dorf einsam mit einer Ziege lebte und Kräuter sammelte, hatten sie dort besucht. Sie hieß Magdalene und war die Patin der jungen Frau.

»Lenchen«, hatten die Eltern die junge Frau gerufen. »Lenchen« wurde sie genannt von Bruno Gottlob, von Alfred Lieder, von Karl.

Sie war dreiundzwanzig Jahre alt und in dem weniger glücklichen als anstrengenden Besitz von drei Männern, von denen keiner die Existenz des anderen auch nur ahnte. Lenchen hatte nicht gewollt, daß alles so kam.

In Godesberg am Rhein war sie aufgewachsen, ihre Eltern hatten dort eine große Gärtnerei. Die Kindheit war friedvoll gewesen, Lenchen liebte ihre Eltern. Sie liebte alles, was ihr freundlich entgegenkam. Sie liebte Blumen, weil sie hübsch aussahen und nicht weh taten; Vögel, weil sie niedlich herumflogen und zwitscherten; Hunde, weil sie bellten und nicht bissen.

Lenchen sah dem ärmlichen jungen Mann nach, der sich vom Fenster gelöst hatte und sein kleines Mädchen sorgsam durch den Gang trug. Sie hätte gern so ein niedliches kleines Kind gehabt und ein braves, ordentliches Leben. Gott mochte wissen, was aus ihr noch würde.

Sie hätte nie Weihnachtsengel werden dürfen.

Bei einer weihnachtlichen Schulfeier war sie zum erstenmal als Weihnachtsengel aufgetreten. Sie hatte einen schimmernden Stirnreif getragen und ein weißes wallendes Gewand. Große weiße Flügel hatte man ihr umgeschnallt, die waren sehr schwer gewesen, und die Träger hatten ihr die Schultern wund gescheuert. Doch ist die Schwere großer Engelsflügel etwas anderes als die Last eines vollgepackten Schulranzens oder eines Rucksacks voll Blumenerde. Damals hatte sie geglaubt, eines Tages in den Himmel fliegen zu können.

Lenchen seufzte und fühlte sich sehr alt geworden. Sie strich mit ihrer weichen hellen Hand über den schmutzigen Rahmen des Zugfensters, sie sah einen schwarzen, schmalen Vogel in rosagoldenes Gewölk fliegen.

Sie war auch einmal geflogen. Als Weihnachtsengel war sie über die Bühne des Konstanzer Stadttheaters geschwebt, gehalten von einem dünnen Draht. Es war schrecklich gewesen, sie hatte Angst gehabt und Brechreiz, und im Zuschauerraum hatte ein kleiner Junge gerufen: sie fliegt ja nicht richtig, sie hängt ja.

Lenchen erinnerte sich lieber der ersten Weihnachtsfeiern in der Schule. Das weiße, wallende Gewand, das sie tragen durfte, hatte ihr noch besser gefallen als die Flügel. Damals hatte sie gewünscht, ihr Leben in weißen, wallenden Gewändern zu verbringen.

Tag und Nacht hatte sie davon geträumt.

Alles, was mit wallenden Gewändern zu tun hatte, war schön, geheimnisvoll, gut und edel. In Märchen wurden diese Gewänder von Elfen und gütigen Feen getragen, Königstöchter trugen sie und liebliche Bräute. Engel waren ohne diese Tracht nicht denkbar, und es gab wunderschöne Bilder von Siegesgöttinnen, Glücksgöttinnen und herrlichen Griechinnen, die an Meeresgestaden wandelten oder an Palmbäume gelehnt sehnsüchtig eines Geliebten harrten.

Germanenjungfrauen zogen mit weißen, wallenden Gewändern in die Schlacht, und schlanke Burgfräulein standen weißwallend gekleidet nächtlich auf Altanen, um goldene Lokken im Winde wehen zu lassen und von kühnen Rittern auf weißen Zeltern entführt zu werden.

Arm und kalt war das Leben einer Frau ohne die wallenden Gewänder. Lenchen hatte Jahre hindurch abendliche Stunden damit verbracht, in den weißen baumwollenen Nachthemden ihrer Mutter vor dem blinden Spiegel in ihrem kleinen Zimmer zu stehen, zu knien, zu gehen, die Arme auszubreiten, die Hände zu falten.

Wo war die Welt der wallenden Gewänder? Mit fünfzehn Jahren sah Lenchen kurz hintereinander im Stadttheater Sappho und Iphigenie. Seitdem weinte sie oft, ohne zu wissen, ob aus Schmerz oder aus Freude.

Drei Jahre hindurch trug Lenchen einen derben, graugrünen Lodenrock, half dem Vater in der Gärtnerei Blumen schneiden und Mistbeete anlegen und wußte nicht, ob sie ins Kloster oder zum Theater gehen sollte. Eins von beiden wollte sie. Sie ließ sich Zeit mit der Verwirklichung ihrer Wünsche. Man kann nicht gleichzeitig handeln und träumen.

Die Mutter wäre beunruhigt gewesen und ungehalten, wenn Lenchen leichtfertige Neigungen gezeigt und Lust auf junge Männer und abendliche Tanzvergnügen gehabt hätte. Da aber Lenchen nicht die geringsten leichtfertigen Neigungen zeigte, wurde die Mutter doppelt beunruhigt.

Als Lenchen achtzehn Jahre alt war, fuhren die Eltern mit

ihr nach Köln zu Verwandten, um am Deutzer Schützenfest teilzunehmen.

Man saß im großen Schützenzelt. Es war heiß, die Männer waren berauscht, lachten, schrien, tanzten, schwitzten. In wirrer Buntheit glitzerten die Lichter des Platzes, die Sterne schienen blaß. Luftschaukeln schwangen sich dem dunklen Blau des Himmels entgegen, Karussellpferde wippten, kreisten, hart und gefährlich blinkte das steile Geschien der Teufelsbahn. Es knallte aus den Schießbuden, Frauen kreischten, die Kapelle ließ Marschlieder erdröhnen und Tanzlieder; manchmal weinte ein Kind.

Lenchen hatte das Gefühl, unter einer wild läutenden Riesenglocke zu sitzen, sie kam sich gefangen vor, sie erstickte. Sie hatte Angst und wußte nicht wovor; sie hatte Sehnsucht und wußte nicht wonach. Sie trug ein lichtes Seidenkleid, das mit rosa Röschen bedruckt war und sah reizender aus als ihre vielen Cousinen, die mit ihr am Tisch gesessen hatten. Die tanzten, lachten, wurden heiß und bekamen glänzende Augen. Manchmal tauchte eine der Cousinen am Tisch auf, trank einen Schluck Bier aus dem Glas der Mutter, oder bat den Vater um Geld für die Toilette oder zeigte einen kleinen Stoffbären, den beim Ringwerfen jemand für sie gewonnen hatte.

Lenchen wollte nicht tanzen, sie wurde auch nicht mehr zum Tanz aufgefordert. Der laute Abend wurde zur lärmenden Nacht, und die jungen Männer sahen nicht mehr klar. Sie waren von sich selbst betäubt und konnten ein Mädchen nicht schön finden, das sich nicht benahm, als sei es schön.

Lenchen saß neben ihrem dicken Onkel, der ihr roten Likör zu trinken gab.

Er hatte Ähnlichkeit mit dem runden Früchtehändler, der jetzt im Abteil Karnevalslieder summte und mit Karl Steinhäger trank.

Lenchen gedachte der Mutter.

Welk und bekümmert saß die Mutter unter den festlichfrohen Verwandten. »Lenchen«, sagte sie, »Jugend gehört zur Jugend.« Doch Lenchen blieb bei den Alten, trank viel roten Likör und wurde betrunken. Weiße, wallende Gewänder wogten vor ihren Augen, sie dachte an eine glatte, bunte Ansichtspostkarte, auf der ein schwarz gelockter Ritter unter einem Baum schlief. Neben ihm stand ein schönes, sanftes Pferd. Über allem schwebte eine blonde, engelhafte Frau – »des Schläfers Traum«. Lenchen hätte diese Postkarte küssen, zerbeißen, runterschlucken mögen.

»Das Kind ist zu ernst für sein Alter«, sagte Lenchens Mutter, und der Onkel nickte. Er fand das Kind langweilig und wußte nichts anderes mit ihm anzufangen, als ihm noch einen Likör zu bestellen. Lenchens Vater war zufrieden, daß seine Tochter bei seiner Frau am Tisch saß – also da, wo sie hingehörte – und ging mit zwei anderen Herren in ein Restaurant, um Skat zu spielen.

Lenchen trank noch einen Likör, schwankte dann der Mutter entgegen, fiel ihr um den Hals und erklärte laut, ins Kloster gehen zu wollen. Die Mutter erschrak. Sie hatte sowas geahnt. Das Kind war merkwürdig. Sie war gewiß eine gute Katholikin, aber ihre jüngste und schönste Tochter war zu jung und zu schön, um Nonne zu werden.

Lenchens Mutter begann zu weinen und ging mit Lenchen fort, um sich mit ihr auszusprechen. Die Damentoilette war überfüllt, und so schwankten Mutter und Tochter Arm in Arm durch den stumpfen Taumel der Schützenplatzmenschen. Auf der großen Hauptstraße, vor der Kirche, fanden sie ein wenig Ruhe im Lärm.

»Was hast du mir zu sagen Lenchen?« Die Mutter entsann sich vielleicht der süßen Heimlichkeit des ersten Stelldicheins. Sie war eine scheue Frau, und sie hatte einen scheuen Mann. Jahrzehntelang hatte sie keine Zärtlichkeiten mehr empfangen, jahrzehntelang hatte sie keine Zärtlichkeiten gegeben. Geküßt, ohne sich zu schämen, hatte sie immer nur im Wochenbett ihr winziges Kind, das noch nicht richtig lebte und mit Gottes Hilfe nicht starb. Sie hatte sieben Kinder geboren, und sie hatte siebenmal eine kleine Zeit hindurch zärtlich sein dürfen.

Sie war alt. Ihre Kinder waren erwachsen. Neue Kinder konnte sie nicht mehr bekommen. Wenn ihr Mann verreiste, sagte er »mach's gut, Frau«. Er betrog sie nicht und war nett zu ihr. Weihnachten klopfte er sie auf die Schulter und sagte: »Na, Alte.« Es war vor dreißig Jahren nicht anders gewesen, es war nach dreißig Jahren nicht anders geworden. Das war tröstlich und traurig zugleich. Er gehörte zu den Männern, die am Hochzeitsbett zum ersten Mal von Liebe sprechen, und zum zweiten Mal am Sterbebett. Lenchens Mutter wußte, daß ihr Mann weinen würde, wenn sie starb – und weinen, wenn er, vor ihr sterbend, sie zeitlich verlassen müßte. Das Wissen um diese Tränen war Sinn und Erfüllung der Ehe. Und es langte doch nicht, um die Spanne zwischen Anfang und Ende auszufüllen. Lenchen sehnte sich nach einem anderen Frauenleben.

Die Kinder waren gut geraten, sie bereiteten den Eltern weder gute noch böse Aufregungen. Die Geheimnisse ihrer Jugend vertrauten sie Freunden und Freundinnen an, zur Mutter waren sie herzlich und nicht vertraulich.

Es war für Lenchens Mutter neu und erregend, eines ihrer Kinder weich, zärtlich und aufgelöst zu sehen, es von lange geheim gehaltenen Wünschen und Träumen sprechen zu hören. In dieser Nacht bekam das Leben der Mutter neuen Glanz und Inhalt. Lenchen sprach von wallenden Gewändern, vom Kloster, vom Theater und wieder vom Kloster. Die Mutter entschied gegen das Kloster und für das Theater. Sie kannte eine alte, pensionierte Schauspielerin vom Bonner Stadttheater, eine brave, bürgerliche Frau, die Ansehen genoß und auskömmlich zu leben hatte. Diese Frau bot die Gewähr, daß der Schauspielerberuf vielleicht romantisch aber bürgerlich einwandfrei war.

Die Mutter überwand mühelos den Widerstand des Vaters. Er hatte Zutrauen zu den Entschlüssen und Ratschlägen seiner Frau und das Gefühl, daß unverheiratete Töchter eher Eigentum der Mutter sind als des Vaters. Wahrscheinlich ging in weiblichen Wesen irgend etwas vor, das in Männern nicht vorging, etwas, das unverständlich blieb und für einen Mann uninteressant war, wenn nicht unbehaglich.

Die Mutter brachte Lenchen zur Kölner Schauspielschule. Lenchen hatte so wenig Talent wie die zwölf anderen

Schüler und Schülerinnen, die mit ihr die Aufnahmeprüfung bestanden. Sie war hübsch, gesund und jung, mittelgroß und gerade gewachsen. Ihre Stimme war hell und klar, ihr Gesicht zart und kindlich, ihr Haar blond und leuchtend, ihre Augen waren rund und blau. Sie bewegte sich schüchtern und graziös, trug artige mit Blumen bestickte Blüschen und lächelte freundlich.

Nach zwei Jahren Schauspielschule wurde Lenchen für kleinere Rollen nach Hamburg engagiert. Die Mutter war stolz, Lenchen hatte Angst.

Ihr Leben bestand auch weiterhin aus Angst. Sie hatte Angst vor der fremden Stadt, Angst vor der Zimmerwirtin, Angst vor Kellnern im Restaurant, Angst vor dem Regisseur, Angst vor dem Publikum. Sie betete, daß man sie übersehen und nicht beschäftigen würde, während ihre jungen, ehrgeizigen Kolleginnen Gott und den Teufel um das Gegenteil anflehten. Langsam gewöhnte sie sich daran, als Kammerzofe auf der Bühne einige Sätzchen zu zwitschern und im Weihnachtsmärchen als Engel im Walde verirrte Kinder zu segnen.

Ein Jahr lang war sie in Hamburg, dann bekam sie ein Engagement nach Konstanz als jugendliche Sentimentale, und dann war ihre Karriere zu Ende, und ihr Leben war in Unordnung geraten.

Lenchen löste sich vom Gangfenster, schwankte ins Abteil. Sie hing ihren Mantel auf und lehnte den Kopf hinein. Sie mochte Karl nicht ansehen – er würde wissen, daß sie ihn nicht leiden konnte. Sie hätte sich nie mit ihm einlassen dürfen – sie hätte sich überhaupt mit keinem Mann einlassen dürfen.

In Hamburg hatte sie einen breitschultrigen, strahlend blonden jungen Mann namens Bruno Gottlob kennen gelernt. Er hatte »Goldengelein« zu ihr gesagt, und das hatte ihr gefallen. Sie schlief mit ihm, weil er sie so sehr darum bat. Zuerst war es ihr unangenehm, später gewöhnte sie sich daran. Sie war sogar glücklich damals, daß es diesen Bruno gab, mit ihm zusammen hatte sie keine Angst mehr und kaum noch Heimweh. Wenn sie keine Proben hatte, kochte sie ihm mittags auf ihrem kleinen Spirituskocher Lieblingsgerichte, die er sonst nur bei seiner Mutter in Flensburg bekam. Er schenkte ihr Veilchensträußchen und eine Korallenkette und schrieb an seine Eltern, daß er eine Frau kennengelernt hätte, die der Traum seines Lebens sei. Er war kaufmännischer Angestellter bei einer großen Kaffeehandlung, wurde von seinen Chefs als tüchtig, strebsam und ehrlich geschätzt und galt im übrigen als eine der schönsten Hoffnungen des deutschen Fußballsports. So hatte es sogar in der Zeitung gestanden. Lenchen erfuhr viel über gebrannten und ungebrannten Kaffee und verlernte zu glauben, daß es Menschen gab, die nicht fähig waren, einen Torwart von einem Linksaußen zu unterscheiden.

Bruno schätzte Lenchen als Künstlerin sehr hoch. Sie war anders als andere Mädchen vom Theater. Bruno hatte trübe Erfahrungen mit einer Varietekünstlerin gemacht. Nur eine Frau wie das Weihnachtsengel-Lenchen konnte einem Mann wie Bruno den ins Wanken geratenen Glauben an die Kunst und an das weibliche Geschlecht wieder festigen helfen.

Es war im Mai, als Bruno seinen Weihnachtsengel in einem breiten schweren Kahn durchs Alsterbecken ruderte. Der Mond schien, ein weißer Schwan blühte still und müde auf dem blanken Dunkel des Wassers. Der Alsterpavillon schimmerte wie ein Märchenschloß, ein lauer Wind wehte Geigenmusik ins Boot. Bruno ruderte das Boot ans Ufer unter eine jung grünende Trauerweide, deren Blätter im Mondlicht aussahen wie klein geschnippselte Büchsenbohnen. Lenchen spürte Hunger und schämte sich.

Bruno sagte, daß seine Kaffeefirma ihn nach Brasilien schicken wolle. Er würde nach Brasilien gehen, obwohl es ihm schwerfiele, den deutschen Fußballsport im Stich zu lassen und Lenchen. Und doch ginge er gerade Lenchens wegen. In Brasilien würde er bald genug verdienen, um sie nachkommen lassen und heiraten zu können. Ihretwegen gab er den deutschen Fußballsport auf. Würde sie ihm zuliebe ihre Kunst aufgeben? Lenchen sagte: ja, und hatte Lust an Brunos breiter Männerbrust zu weinen, ohne genau zu wissen, warum. Das Leben war schön, geheimnisvoll und beunruhigend. In Brasilien gab es giftige Schlangen, leuchtende Riesenschmetterlinge, bunte Papageien, die frei herumflogen – in einem Kindermärchenbuch würde sie leben. Bruno wurde fremd und geheimnisvoll. Sie liebte ihn sehr und wußte, daß sie ihn nicht wiedersehen würde, wenn er nach Brasilien fuhr. Und doch versprach sie, zu ihm nach Brasilien zu kommen, wollte es glauben und glaubte es. Ganz sanft und weich bewegte sich der Kahn, Bruno gab Lenchen einen Ring aus honiggelbem Bernstein und sagte: »Jetzt bist du meine Braut, ich werde für dich arbeiten und dich nicht betrügen.«

Noch ehe ein Jahr vergangen war, schickte Bruno aus Brasilien Reisegeld. Lenchen kaufte für das Geld einen Mantel aus Lammfell, um dem Redakteur der Konstanzer Tageszeitung zu gefallen.

Der Redakteur hieß Alfred Lieder und war verbittert. Er hatte eine Komödie geschrieben und ein Nibelungendrama. Die Komödie wurde nicht komisch gefunden, und das Nibelungendrama wurde auch nicht aufgeführt.

Alfred Lieder war siebenunddreißig Jahre alt und sah wie ein mageres, gerupftes Hühnchen aus. Kleiner war er als Lenchen und fadendünn. Er trug eine Brille und hatte braune Haare auf der Brust, auf Armen und Handrücken; auf dem Kopf war er nackt. Er war magenleidend und fror immer. Lenchen liebte ihn, weil sie ihm Pfefferminztee kochen durfte und heiße Umschläge machen, weil er ihr seine Dramen vorlas, und weil er so furchtbar anspruchsvoll war. Er hatte gesagt, daß er nur wunderschöne Frauen lieben könne. Also hatte Lenchen das Recht, sich wunderschön zu finden, seit er sie küßte.

In Konstanz hatte Lenchen große Rollen spielen müssen. Der junge, ehrgeizige Regisseur, der mit ihr arbeiten mußte, hätte sie sehr gern in Stücke gehackt. Sie war eine schlechte Schauspielerin und verdarb ihm jede Inszenierung.

Der Redakteur Alfred Lieder sah Lenchen zum erstenmal als Julia. Er fand sie engelhaft schön und empörend unbegabt. Er ließ eine böse Kritik über sie drucken.

Lenchen weinte nicht über schlechte Kritiken. Sie hätte gern gute Kritiken gehabt, um sie der Mutter schicken zu können. Für sich selbst war sie nicht ehrgeizig. Sie lernte Alfred Lieder auf einem Künstlerfest kennen. Da er häßlich war, hielt sie ihn für intelligent. Seine Häßlichkeit störte sie nicht. Sie wollte einen Mann nicht schön finden; sie wollte von einem Mann schön gefunden werden.

Gleich Bruno war der Redakteur Alfred Lieder entzückt, weil Lenchen anders war als die Frauen vom Theater, die er bisher gekannt hatte. Er fragte sie, ob sie ihn heiraten wolle. Lenchen sagte: »ja«, weil es kränkend gewesen wäre, »nein« zu sagen.

Alfred Lieders Einkommen war gering und hätte schwerlich gereicht, um einen bürgerlichen Hausstand zu gründen. Alfred Lieder begann Energien und neue Kräfte zu entfalten. Er schrieb flotte Kurzgeschichten und, sein künstlerisches Gewissen brutal unterdrükkend, ein Lustspiel, von dem er sich bedeutende Einnahmen versprach.

Er bewarb sich mit Eifer um einen neuen und besser bezahlten Redakteurposten. Es gelang ihm, einen solchen Posten in Stuttgart zu finden, er wurde probeweise für ein halbes Jahr angestellt. Mit etwas Glück und viel Verdienst würde er in einem Jahr heiraten können.

Die Theatersaison in Konstanz war zu Ende. Alfred Lieder fuhr nach Stuttgart, Lenchen fuhr nach Berlin. Sie wollte dort auf die Agenturen gehen, vielleicht würde sie noch ein Engagement für die nächste Saison bekommen. Sie hatte nicht viel Lust, ein neues Engagement zu finden. Sie hatte nicht viel Lust, Alfred Lieder zu heiraten, zumal sie bereits mit Bruno Gottlob verlobt war. Sie hatte Lust, nach Haus zurückzukehren und dem Vater wieder bei den Mistbeeten zu helfen.

Doch sie hatte Angst und Scham vor den Eltern. Vielleicht würde der Vater sich still über ihre Rückkehr freuen, laut aber würde er über das unnütz rausgeschmissene Geld für die Schauspielschule brummen. Und die Mutter würde traurig und enttäuscht sein. Sie glaubte, daß Lenchens Leben reich und schön war, sie war stolz auf das Kind.

Lenchen wollte nicht enttäuschen. Und sie mochte auch nicht nach Haus, weil sie nun zwei Männer hatte. Ihr Leben war wirr geworden, sie hatte Angst, diese Wirrnis nach Haus zu bringen in die gute strenge Ordnung.

Jede Woche bekam sie einen Brief von Bruno Gottlob aus Brasilien. »Mein blondes Lieb«, schrieb er, »es ist sehr heiß hier, und wir haben viel Arbeit, aber ich denke oft an Dich, wenn ich nachts manchmal wach liege. Als ich vorgestern in mein Zimmer kam und mir die Hände waschen wollte, lag in der Waschschüssel ein großer Ochsenfrosch, der ist so groß wie Dein Kopf. Ich habe sofort an Dich gedacht, Du mußt keine Angst haben, ich vertreibe Dir alle Tiere. An den Fenstern von unserem Büro fliegen oft Kolibris vorbei, sie sind gar nicht größer als eine große Biene. Als Frau hättest Du Freude an ihnen, wir Männer finden sie auch niedlich und wollen sie füttern, aber sie sind sehr scheu.«

Lenchen hatte schon fast vergessen, wie Bruno Gottlob aussah, wie er ging, wie er sprach. Er war unwirklich geworden, seine Briefe machten ihn ihr nicht wirklicher. Sie hatte ein schlechtes Gewissen ihm gegenüber, um es zu beruhigen, schrieb sie ihm jede Woche einen sanften, liebevollen Brief. Er schrieb, daß er ohne ihre Briefe unglücklich und lebensmüde sein würde. Sie wollte nicht, daß er unglücklich würde.

Als sie Alfred Lieder kennenlernte, betete sie, daß Bruno Gottlob eine andere Frau finden möge. Bruno fand nicht nur keine andere Frau, er suchte keine. Er hatte Heimweh und fiebrige Sehnsüchte. Er hatte Lenchen Treue geschworen, und er glaubte an den Segen ungebrochener Schwüre. Er schrieb einmal vom blonden Märchenwald statt vom deutschen Märchenwald. Lenchen war beunruhigt, als sie das las. Gab es eine Möglichkeit, Bruno Gottlob auf gute, friedliche Art loszuwerden? Sie sah keine. Sie sah den Tag kommen, an dem Bruno Gottlob sich ihretwegen das Leben nehmen oder sie hassen und verfluchen würde. Lenchen lag nächtelang wach neben Alfred Lieder, wunderte sich, daß ein dünner kleiner Mann so dröhnend schnarchen konnte und überlegte, ob sie nicht doch nach Brasilien fahren sollte. Sie träumte wach, sah sich im Urwald umherirren und weinte heiße Tränen vor Heimweh nach der Mutter und vor Mitleid mit sich selbst.

Als zum ersten Mal Geld von Bruno Gottlob kam, hatte sie es zurückschicken wollen. Aber sie fand keine Begründung außer der Wahrheit, mit der sie es hätte zurückschicken können. Lenchen schrieb an Bruno Gottlob, daß sie gerade vor drei Tagen für das nächste Jahr ein Engagement an ein Berliner Theater angenommen hätte. Sie erfand unwahrscheinlich hohe Konventionalstrafen, die sie zahlen müßte, um von dem Vertrag frei zu werden.

Es gelang ihr, von Bruno Gottlob sehr bedauert und mehr denn je geliebt zu werden.

Und sie freute sich auch, daß sie ihn behalten hatte.

Lenchen gedachte des Sommers in Berlin. Ein Engagement hatte sie nicht gefunden. Mit der gleichfalls engagementslosen, ehemaligen komischen Alten des Konstanzer Stadttheaters bewohnte sie ein armseliges Zimmerchen in der Friedrichstraße.

Lenchen räumte das Zimmer auf und kochte für sich und die Alte auf ihrem Spirituskocher billiges Essen.

Die komische Alte war im privaten Leben gar nicht komisch, sondern nur alt. Sie litt an Kopfschmerzen, am Magen und an der Galle, und hatte kein Geld. Lenchen pflegte sie, und sorgte für sie.

Manchmal schickte die Mutter Lenchen Geld und schrieb, Lenchen solle sich ein schönes Kleid kaufen. Lenchen ernährte sich und die Alte von diesem Geld einen Monat lang.

Lenchen fand nicht, daß es ihr schlecht ginge. Sie war zufrieden und beinahe glücklich. Alfred Lieder war in Stuttgart. Bruno Gottlob war in Brasilien. Beide schrieben, daß sie eine Existenz für Lenchen aufbauen wollten. Beide waren weit fort. Beide wollten Weihnachten Lenchen heiraten. Lenchen war glücklich, daß Sommer war. Lang, lang war die Zeit bis Weihnachten, tausend Wunder konnten geschehen.

Alfred Lieder schrieb lange Briefe und schickte Stuttgarter Zeitungen. Bruno Gottlob schrieb nicht mehr so lange Briefe, aber er legte jetzt manchmal bunte, gepreßte Schmetterlinge und hier und da einen Zehndollarschein in die Briefe.

Lenchen ekelte und fürchtete sich vor den trocknen, wurmigen Schmetterlingsleibern zwischen den in giftiger Pracht schillernden Flügeln.

»Selten exotische Falter an Sammler zu verkaufen«, hatte Lenchen eines Tages im Lokal-Anzeiger inseriert. Die Alte hatte dazu geraten.

Aber es war kein Geschäft mit den Faltern zu machen. Drei Zuschriften hatte Lenchen bekommen. Hoffnungsfroh fuhr sie zu einem Sammler nach Dahlem. Sie trug ein sauberes weißes Kleid aus kunstseidenem Crèpe Georgette. Es war ihr bestes Kleid, aber es hatte kaum noch Kraft, diesen Sommer zu überdauern. An vielen Stellen hatte Lenchen es zierlich gestopft, bald ließ es sich nicht mehr stopfen.

Ein wohlgenährter Diener führte das magere weiße Lenchen durch die Dahlemer Villa in ein weites, reiches Zimmer. Vor einem großen, schwarzen Schreibtisch saß ein kleiner alter Mann mit strengen Stirnfalten und kalten blauen Augen. »Fräulein«, sagte er zu Lenchen, und seine Stimme klang unfreundlich und geizig.

Auf der Fahrt hierher hatte Lenchen von einem Hundertmarkschein geträumt, den sie am Abend der Alten auf die Bettdecke legen würde. »Na, was sagst du! Wir brauchen keine Sorgen mehr haben, zieh dich an, wir gehn Eis essen, wir gehn in ein Café mit Musik.«

Als sie in dem reichen Zimmer des strengen, alten Mannes stand, wußte sie, daß sie noch nicht einmal den Mut finden würde, ihn um das Fahrgeld für die Untergrundbahn zu bitten. Sie würde zu Fuß nach Hause gehen müssen, drei Stunden lang.

Länger als der Rückweg zur Friedrichstraße erschien ihr der Weg zu dem schwarzen Schreibtisch. Aus ihrem schäbigen roten Ledertäschchen nahm sie ein weißes Couvert.

»Hier sind die Schmetterlinge«, sagte sie und schüttelte Schillriges, Buntes aus dem Couvert auf den Schreibtisch. Sie fand sich lächerlich und begriff nicht mehr, daß sie sowas Idiotisches hatte unternehmen können.

Der alte Herr sah einen Augenblick lang aus, als wolle er sich vor Ekel übergeben, warf dann einen kurzen Blick auf Lenchen, schüttelte den Kopf und begann in einem Buch zu blättern.

Lenchen hätte sich nicht gewundert, wenn der alte Herr sie hätte verhaften lassen. Mit zittriger Hand sammelte sie die Schmetterlinge wieder in den weißen Briefumschlag; in den Schmelz eines großen, samtigen, blaugoldenen Flügels hatte Bruno Gottlob die Worte eingeschabt: ich liebe dich.

Lenchen begann Bruno Gottlobs Zehndollarscheine höher zu schätzen als seine zarten, sinnigen Liebesgrüße.

»Wenn wir erst raus wären aus dem ganzen Dreck hier«, sagte Lenchen oft zu der Alten und weinte aus abergläubischer Angst, weil sie feige und der Alten zuliebe ein Leben Dreck genannt hatte, das ihr gefiel. Sie log und wußte, daß sie log. Gott würde sie strafen.

Sie liebte dieses arme Leben mit den glitzernden Wünschen, die sich mit des gütigen Gottes Hilfe nie erfüllen würden. Sie liebte das arme Zimmer als zärtlich verschwiegene Kapsel ihrer Wünsche.

Heiß war das kleine Zimmer und eng. Die Tapete war grau. Kornblumen waren auf ihr gemalt, die waren ganz blaß. Sonne konnte sie nicht gebleicht haben, denn Sonne schien nicht ins Zimmer. Es war ein Zimmer, in dem man eingesperrt war. Wenn man aus dem Fenster sah, hatte man die Möglichkeit, hinauf oder hinunter zu blicken. Sah man hinauf, erblickte man ein taschentuchgroßes Stückchen Himmel – viel zu klein, um es noch Himmel nennen zu können. Sah man hinunter, erblickte man den Hof, einen grausteinigen Schlauch, aus dem es sang, fluchte, dampfte, kochte – lachte, weinte, stritt. Und der steinerne Schlauch mündete in einem winzig grünen Rasenparadies. Gerade so groß wie das Stückchen Himmel, das man sah, war das Stückchen Rasen.

An den Tagen, an denen Lenchen Filmstatisterie machte, betete die Alte, daß ein Regisseur Lenchen entdecken und zum Star machen würde. Lenchen zitterte, daß die Gebete der Alten erhört werden könnten. Zwar hielt sie nicht viel von sich, weder von ihrer Schönheit noch von ihrem Talent. Aber es könnte ein Wunder geschehen, ein andrer konnte sie schön und talentvoll finden. Und wie oft geschah einem gerade das, was man nicht wünschte.

Das Wunder geschah. Eigentlich war es nur ein halbes Wunder. Lenchen wurde auserwählt, in einem medizinischen Film eine Krankenschwester zu spielen.

Der Film war ein populärwissenschaftlicher Film mit einer dürftig angedeuteten Handlung.

Lenchens Rolle war keine Rolle. Einmal mußte sie neben einem Krankenbett sitzen, einmal mußte sie mit einem Fieberthermometer im Zimmer des Chefarztes erscheinen, einmal mußte sie blutiges und eitriges Verbandzeug aus einem Krankenhauszimmer tragen. Die Schüssel mit dem Verbandzeug in ihren Händen erschien als Großaufnahme. Einmal mußte sie einen syphiliskranken Säugling mit eitrig verklebten Lidern auf den Armen halten und einmal eine weinende alte Frau durch den blanken, rotgekachelten Flur des Krankenhauses führen.

Zu sprechen hatte sie nichts, Talent brauchte sie nicht zu haben. Sie hatte nichts zu tun, als ein gleichmäßig ernstes Gesicht zu machen. Der Leiter des Films hatte sie ausgesucht, weil sie hübsch, angenehm, heiter und unscheinbar war – ohne eindrucksvolle Schönheit, ohne aufreizendes Temperament, ohne schillernde Leichtfertigkeit.

Lenchen erschrak vor ihrem Glück. Zurückweisen konnte und wollte sie es nicht. Sie bekam dreimal soviel Geld, als sie für sich und die Alte in den letzten drei Monaten hatte ausgeben können. Da sie bisher durchgekommen war ohne so ein Filmwunder, würde sie wohl auch weiter durchkommen können. Lenchen dachte es flüchtig. Eine Minute später, nachdem man ihr eine handfeste Summe geboten hatte, glaubte sie bereits, dieses Geld nicht mehr entbehren zu können und begriff nicht, wie sie bisher ohne dieses Geld hatte leben können. Und sie dachte an die Alte, der sie als Weihnachtsengel erscheinen würde. Der Alten Bewunderung für Lenchen war in der letzten Zeit leiser geworden. Nun aber würde ein Feuerwerk von Worten aus ihrem Mund kommen zu Lenchens Ehren. Und das trübe kleine Hofzimmer würde leuchten in festlichem Glanz. Und die Eltern würden glücklich und stolz sein. Auch Bruno Gottlob und Alfred Lieder würden endlich Beweise von Lenchens künstlerischer Tätigkeit sehen.

Lenchen schrieb an ihre beiden Männer, daß sie gezwungen sei, einen einjährigen Filmvertrag abzuschließen. Sie schrieb, daß sie Weihnachten noch nicht heiraten könne. Nächsten Sommer wolle sie heiraten. Sie schrieb an beide: »Ich leide unter der Macht der Umstände.« Sie glaubte, was sie schrieb, während sie es schrieb.

Dann hatte sie Karl kennengelernt. Seinetwegen würde ihr Leben im Zuchthaus enden.

Lenchen seufzte so laut, daß sie selbst erschrocken aufhorchte. Sie saß ja im Zug, Karl gegenüber, alle Reisenden sahen sie an.

»Bist du krank, hast du Schmerzen?« fragte Karl, und seine Stimme zitterte vor Wut. Der Früchtehändler reichte ihr ein Glas voll Steinhäger. Lenchen trank und lächelte.

Sie durfte Karl jetzt nicht reizen. Er hatte Schnaps getrunken, dann wurde er meistens böse. Zorn war in ihm und suchte nach Anlaß und Grund. Wenn sie Glück hatte, hakte sein Zorn sich in letzter Sekunde an etwas anderem fest als an ihr: an einer schlecht gestopften Zigarette, an einem unaufmerksamen Kellner, an Leuten, die weiche Eier aßen oder Wagner liebten, an Wagner, an Europa oder an rot gelackten Fingernägeln. Niemals wechselte er, während der Stunden der Besessenheit, den Gegenstand seines Zorns, wenn er ihn gefunden hatte. Er hielt an ihm fest – eine Stunde oder fünf Stunden, seine Wut lief auf Schienen.

Lenchen zitterte vor Angst, sie griff nach dem Arm der Tante, die eine unwillige Bewegung machte. Der junge Mann lächelte Lenchen freundlich zu, er spielte mit einer matten, kleinen Heckenrose – es sah aus, als wollte er sie Lenchen zuwerfen.

Lenchen wagte Karl nicht anzusehen, schon ihr Blick konnte ihn reizen. Schnaps konnte ihn besessen machen von Haß, es war schrecklich, Anlaß seines Hasses zu sein. Denn er haßte klar, grausam, hellsichtig und begründet. Er verriet ihr ihre Lügen, er verriet ihr ihre lieblosen Gedanken, er verriet ihr ihre Schuld. Er kämpfte gegen sie wie gegen seinen bösesten Feind und machte sie gleichzeitig zu seinem Mitkämpfer gegen sich selbst. Er bewies ihr, daß sie schlecht war, wenn sie glaubte gut zu sein. Er zwang sie, das Gift seiner Trunkenheit aufzunehmen, er wurde seinen Rausch an ihr los, er vernebelte ihr Hirn. Und wenn er müde und nüchtern geworden war, vergaß er sie. Sie blieb allein und so verwirrt, daß sie Sterne für Aschbecher halten würde und zugeben, ihren Vater mit Rattengift umbringen zu wollen oder sündige Neigungen zu ihrer Tante zu haben, wenn Karl das wollen würde. Sie glaubte ihm, daß sie schlecht war, sie mußte es ja glauben.

Der Zug hielt mit einem Ruck, Karl entfiel das Schnapsglas, es rollte der Tür zu. Lenchen versuchte ganz still, ganz leblos, ganz unvorhanden zu sein – vielleicht wurde sie von Karl vergessen.

Karl vergaß Lenchen, er vergaß auch seinen Zorn oder den Anfang seines Zorns. Eben noch hatte er ein Gefühl gehabt, das seinem Dasein Kraft und Inhalt gab, nun war es fort. Was für ein Gefühl war es gewesen? Mit schlaffem Blick sah er nach dem rollenden Schnapsglas. Er blies ein wenig die Backen auf, er hatte das Gefühl, viele runde Worte im Mund zu haben. Rolle-rolle, Wolle-wolle, Molle-molle. Er vergaß das Glas, er hatte große Lust, die runden Worte aus seinem Mund herauszulassen, sie zu sprechen. Er wußte, daß er das nicht durfte. Er wußte, was es bedeuten würde, wenn er es täte. Er war Mediziner. Er hielt den Mund so krampfig fest geschlossen, daß nun auch sein neuer Freund, der Früchtehändler, begann, sich zu fürchten.

Kalt war dem Früchtehändler plötzlich, und verlassen fühlte er sich. Sein Trinkfreund war ihm verlorengegangen, er wollte ihn zurück haben. Er dachte nach, schlief dabei fast ein, erschrak. Er füllte Karl ein neues Glas, er lachte lärmend und grundlos. Er suchte in seinen Rocktaschen, in den Taschen seines Mantels.

Karl stand auf. Er fürchtete, die runden Worte in seinem Mund nicht mehr festhalten zu können. Rolle-rolle. Er mußte zur Toilette. Vielleicht würde alles gut sein, wenn er einmal »rolle« sagte.

»Karl«, rief Lenchen ängstlich und sah hinter ihm her. Er war böse mir ihr, er haßte sie. Und sie liebte ihn, sie liebte ihn. So schmutzig, hilflos und zerknittert hatten seine schmalen Hände ausgesehen, als er sich am Türrahmen hielt.

Karl stand auf der Toilette und wußte nicht, was er da gewollt hatte, er hatte es vergessen. Er hatte auch vergessen, daß er's vergessen hatte. Er las die herzliche Aufforderung der Eisenbahndirektion an die Reisenden, ihre Bedürfnisse nicht während der Haltezeit des Zuges zu verrichten. Fuhr der Zug? Fuhr er nicht? Karl sah sein Gesicht im Spiegel, verschwommen zerrinnend – das Gesicht war ihm gleichgültig, ging ihn nichts an.

Der Zug fuhr, Karl fühlte das Geruck der Räder in seinen Knien – ru – ro – was war los? Auf seinem Anzug war ein Fleck – um ihn auszureiben war er hier. Gott sei Dank, daß er das wieder wußte. Er nahm ein sauberes, körniges Tuch aus dem oberen, kleinen Klappschränkchen, entfaltete es, blickte sekundenlang ratlos hinein und putzte sich dann damit die Nase.

Lenchen wollte aufstehen, sie wollte zu Karl. Wie weiche Watte legte sich die Hand des Früchtehändlers auf ihr Knie. Sie bewegte das Knie, doch die Watte blieb.

»Ich hab's gefunden«, rief der Früchtehändler und schwenkte in seiner freien Hand ein Päckchen Postkarten. »Vom wissenschaftlichen Standpunkt aus betrachtet«, sagte er, »ist das interessant, und dem Reinen ist alles rein.« Er nahm die Wattehand von Lenchens Knie und warf ihr eine Postkarte in den Schoß, noch eine, noch eine. Lenchen nahm die Postkarten. Es waren keine Postkarten, es waren Photographien, wie sie von streng wissenschaftlich interessierten Herren zuweilen heimlich gekauft werden. Sie stellen Vorgänge des menschlichen Liebeslebens dar.

Lenchen legte die Karten auf das Klapptischchen und versuchte zu glauben, daß sie nichts gesehen habe. Sie kramte in ihrer Handtasche und wäre am liebsten hineingekrochen, um den Dicken nicht mehr ansehen zu müssen.

Der Dicke reichte die Karten der behäbigen Frau, die erst Pfui rief, sich dann aber zu einer ruhigeren Betrachtung entschloß, denn der Dicke sagte: »Für einen Menschen, der darübersteht, gibt es keinen Schmutz, alles Menschliche ist menschlich.«

Als Karl zurückkam, jubelte der Dicke. Endlich! Dem neuen Freund zu Ehren, um ihm etwas zu bieten, um ihn zu unterhalten, hatte er ja die Photos hervorgekramt. Stolz und glücklich reichte er Karl das Päckchen. »Altes Schwein«, sagte Karl und warf die Karten aus dem Fenster.

Der Dicke sah aus wie ein Mann, der sein Haus plötzlich in Flammen aufgehen sieht und es noch nicht fassen kann. Die behäbige Frau sagte zuerst »Bravo« und dann: »Wenn ein unschuldiges Kind das findet, kann seine Seele vielleicht für immer vergiftet sein. Und die Streckenarbeiter, haben Sie denn gar nicht an die Strekkenarbeiter gedacht, Herr Doktor, so ein einfacher Mann lebt still und entsagungsvoll dahin, auf einmal findet er – oder denken Sie an das Häuschen eines Bahnwärters, der zufrieden sein Rosengärtchen betreut – er hat sonst nichts vom Leben, aber er ist glücklich, glücklicher vielleicht als wir – da flattert ihm was vor die Füße – kein Rosenblatt, nein –«

Der ältere Herr, der bis vor kurzem geschlafen hatte, fragte kurz, ob jemand schwere Gegenstände aus dem Fenster geworfen habe und ob jemand verletzt worden sei. Ohne eine Antwort auf seine Frage abzuwarten, schloß er die Augen, runzelte die Stirn und schien ärgerlich, daß er sich so hatte gehen lassen.

Karl und der Früchtehändler tranken wieder zusammen. Karls strenge Miene schwand, der Früchtehändler sah demütig und bedrückt aus.

Die Frau wandte sich an den jungen Mann, um ihm weiter das gestörte Idyll eines Bahnwärters zu schildern.

Als Lenchen das Abteil verließ, streifte sie die Knie des

jungen Mannes. Sein Haar leuchtete hell, er sah jung aus und sauber. Lenchen schämte sich plötzlich, daß sie die Karten in der Hand gehalten hatte. Hatte der junge Mann etwas von den Karten gesehen?

Lenchen lehnte sich wieder ans Gangfenster. Sie war müde und ruhig. Diesmal war sie Karls Zorn entgangen.

Warum fürchtete sie Karl eigentlich so sehr? Hatte sie das nötig? Sie hatte sich gefürchtet vor ihm von der ersten Sekunde an, in der sie ihn kennenlernte.

Kennen lernte sie ihn, als der medizinische Film gedreht wurde, in dem sie die sanfte, liebliche Krankenschwester spielte.

Ein Jahr war das her. Sie hatte Aufnahme im städtischen Krankenhaus.

Nach der Aufnahme stellte ein Doktor Karl Bornwasser sich Lenchen vor. Er begleitete sie später unaufgefordert auf ihrem Heimweg und befahl ihr unterwegs, mit ihm ins Pschorrbräu am Potsdamer Platz zu gehen.

Im Pschorrbräu trank Karl Bornwasser in kurzer Zeit drei Glas Bier und sieben Enzianschnäpse. Lenchen trank ein Glas Bier, was Karl Bornwasser bemängelte. Es wirkte unschön und sogar moralisch nicht einwandfrei, wenn eine Frau riesige Bierkrüge vor sich stehen habe. Lenchen glaubte ihm. Er machte einen welterfahrenen, weltbeherrschenden Eindruck. Er gefiel ihr nicht, und sie fürchtete sich vor ihm.

Er fragte sie nach Namen, Alter und ihrem bisherigen Leben. Lenchen gab gehorsam Antwort. Mitunter log sie. Er schien es zu merken. »Es gibt keine anständigen Frauen mehr«, sagte er. Lenchen wurde rot und unsicher.

Karl Bornwasser äußerte Mißfallen an Lenchens bisherigem Leben. Er fand es moralisch nicht einwandfrei. Dabei hatte Lenchen die Erlebnisse mit Bruno Gottlob und Alfred Lieder derart umgedichtet, daß sie gedruckt in jeder Kinderfibel hätten erscheinen können.

Karl Bornwasser bestellte für Lenchen einen Enzianschnaps und sagte, daß es nichts Gemeineres auf der Welt gäbe als die Lüge, daß eine Frau wahr sein müsse und klar wie Kristall. Er sprach heftig und eindringlich.

Sekundenlang gedachte Lenchen der kleinen und großen Lügen ihres Lebens, sie sah ein wirres, riesenhaftes Knäuel von Lügen. »Ich bin verloren«, dachte sie. Ihr wurde schwindlig. Sie trank den Enzianschnaps und sagte zu Karl Bornwasser leise und langsam: »Ich lüge nicht, ich bin wahr.« Sie hatte den Wunsch, Karl Bornwasser zu überzeugen, daß sie weder ein leichtsinniges Mädchen sei, noch fähig zu lügen. Und darum mußte sie jetzt anfangen zu lügen, wie sie noch nie in ihrem Leben gelogen hatte.

Sie trank noch einen Schnaps, weil Karl Bornwasser das wollte. Ein wenig später sagte er ihr, daß es ein Beweis ihrer leichtfertigen und haltlosen Lebensführung sei, mit einem fremden Mann in ein Bierlokal zu gehen und Schnaps zu trinken.

Ein zartes, kleines Haßgefühl gegen Karl Bornwasser begann sich in Lenchen zu regen. Sie fürchtete, er könne es fühlen, aus ihr herauslesen. Sie lächelte schwach und demütig. Sie wünschte, daß dieses Beisammensein bald ein Ende finden würde; sie wünschte, diesen Karl Bornwasser nicht wiederzusehen.

Sie fand ihn häßlich, freute sich rachlustig darüber und wagte kaum, ihn anzusehen aus Furcht, er könne merken, daß sie ihn häßlich fand.

Karl Bornwasser stand plötzlich auf, strich leicht über Lenchens Schulter und ging zur Toilette.

Lenchen sah ihm nach und dachte hinter ihm her. Von hinten war er nicht häßlich. Er hatte eine schöne Figur. Er war groß und schlank und hatte breite Schultern. Er trug einen hellen, grauen Anzug, der teuer und etwas schlampig aussah und gut saß. Bruno Gottlob und Alfred Lieder würden kümmerlich aussehen neben diesem Bornwasser. Sein Hemd war aus weicher, elfenbeinfarbener Seide. Er war in edle Stoffe gekleidet. Er war bedeutend angezogen.

Lenchen sah Karl Bornwasser zurückkommen. Er trug fuchsbraune Halbschuhe von klobiger Eleganz und ging breit und schwer. Seine Arme waren lang, seine Hände mager und zierlich.

Er setzte sich und bestellte noch zwei Enzian für sich und für Lenchen. Er lächelte Lenchen freundlich zu! Drei Minuten war er auf der Toilette gewesen und kam als ein Verwandelter zurück. Lenchen wandelte sich mit ihm. Der Mann tat ihr leid. Er sah traurig aus, er war nicht gefährlich. Vielleicht brauchte er Hilfe?

Wenn er lachte, sah man, daß ihm ein oberer Schneidezahn fehlte. Er sah dann weibisch aus und etwas hexenhaft. Er hatte ein rundes Gesicht mit schlaffen Wangen, eine kleine, knollige Nase und einen runden, roten Damenmund.

Seine Stirn war hoch und breit, sein Haar dunkelbraun, zart und flockig. Seine Augen waren blau und leuchtend.

Am späten Abend erzählte Lenchen der komischen Alten von Karl Bornwasser, was sie von ihm erfahren hatte. Er war einundvierzig Jahre alt. Er war teils in der Schweiz, teils in Schweden aufgewachsen. In Genf, Göttingen, Leiden und Uppsala hatte er Medizin studiert. Er hatte eine Mutter, die reich war und in Zürich lebte. Sie war gebürtige Deutsche. Sein Vater, ein Schweizer, hatte in Zürich Daunendecken fabriziert. Er war vor zehn Jahren gestorben.

Die Fabrikation der Daunendecken wurde von Karl Bornwassers Bruder fortgesetzt.

Nach seiner nicht sehr klaren Schilderung schien Karl Bornwasser bei seinen Angehörigen eher Mißverständnis denn gebührende Anerkennung zu ernten. Bis vor kurzem noch hatte man ihm fünfhundert Mark im Monat geschickt, jetzt schickte man ihm kaum noch die Hälfte. Ob diese Rente ihm zustand oder freiwillig gezahlt wurde, wußte Lenchen nicht.

Die Alte saß auf dem Bettrand, sie trug ein Nachthemd aus billigstem, rosaseidenen Strickstoff. Vor drei Jahren hatte sie in diesem Nachthemd mal eine Millionärin gespielt, vor der Mann, Kinder und Diener zitterten.

Müde und welk lagen ihr die mageren, graugelben Hände im Schoß auf der rosa Kunstseide. Sie hatte einen struwweligen, grauen Bubikopf und ein kleines, verfallenes Gesicht. Ihre dunklen Augen blickten lebendig, ihr schmaler Hals war jetzt ganz lang und gespannt.

Trübes weinerliches Licht tropfte aus der Glühbirne an der Decke in den kleinen Raum.

Lenchen saß der Alten gegenüber auf dem schmalen, harten Diwan, der nun seit Monaten ihr Nachtlager war. Sie träumte wohl manchmal von seidenen Steppdecken und weichen Daunen. Aber zum Schlafen brauchte sie das nicht. Auf einer nackten Holzbank schlief sie genau so gut wie in einem sorgsam bereiteten Bett. Sie schämte sich, das einzugestehen, seitdem der Redakteur Alfred Lieder ihr mal das Märchen von der Prinzessin auf der Erbse erzählt hatte. Die Prinzessin hatte sich als Prinzessin erwiesen, da sie eine Erbse gespürt hatte, die unter dicken Matratzen lag. Lenchen war fähig, eine gut durchschlafene Nacht auf einem Sack mit Kastanien verbracht zu haben.

»Hat der Herr Doktor Bornwasser noch nie Geld verdient?« fragte die Alte.

»Nein. Ich weiß nicht«, antwortete Lenchen. Sie fand sich dumm, die Alte klug und diesen Bornwasser noch klüger. »Denk bitte nicht, daß ich ihn liebe«, sagte sie zu der Alten, »er ist nur ein bedeutender Mensch, du wirst ihn ja kennenlernen. Er spielt wunderbar Geige, er hat eine echte Stradivari-Geige, die ist so viel wert, daß du es dir gar nicht vorstellen kannst. Er ist etwas roh, aber seine Geige liebt er zärtlich. Er ist auch ein wunderbarer Arzt, er weiß mehr als alle Professoren der Welt. Er kennt die Professoren in allen Universitätsstädten, die sind alle viel dümmer und wollen Ratschläge von ihm. Das kranke Kind, mit dem ich jetzt filme, hat er fast gesund gemacht, alle dachten, es stirbt, und ich mußte weinen. Jetzt ist es so gesund, daß es für den Film unbrauchbar ist. Ich muß noch mal gefilmt werden mit einem neuen kranken Baby. Weißt du, er hat sich nie festlegen können, er arbeitet über Gifte und an einer Diät-Theorie, die neu ist und alles umwirft. Er ist nicht der Mensch für eine Feld-, Wald- und Wiesenpraxis. Man muß das eben verstehen; es ist kleinlich, wenn man's nicht versteht. Glaubst du, daß ich kleinlich bin? Er hält mich nicht für kleinlich.«

»Ich halte ihn für einen Faulpelz«, sagte die Alte. Sie war wach und aufgeregt, ihr Gesicht wurde beweglich. Die Falten und Fältchen ihrer Stirn begannen zu tanzen. Leichte und qualvolle Erfahrungen mit Männern wurden lebendig. »Er ist ein Faulpelz. Trinkt er?«

»Gott – ja, er trinkt, aber er ist kein Trinker deswegen.«
»Wer trinkt, ist ein Trinker.«

Lenchen dachte nach. »Ja aber, er trinkt doch nicht immer.«

»In der Zeit, wo er nicht trinkt, ist er dann eben kein Trinker«, sagte die Alte, ohne nachzudenken. »Du bist ein Kind, Lenchen, du hast keine Ahnung von der Welt. Man nennt einen Menschen, der Alkohol trinkt, Trinker. Leute, die Wasser, Milch, Kaffee oder Tee trinken, sind keine Trinker. Sie sind Esser, sie essen mal hier und da eine Flüssigkeit; sie essen ein Getränk. Und der Trinker trinkt. Er mag nicht essen, er mag immer nur trinken. Mein Mann war ein braver Trinker, Lenerl, wenn er ein Rindsgulasch zu sich nahm, war's mehr getrunken als gegessen.«

»Lenerl«, sagte die Alte, ein Zeichen, daß sie aufgeregt war. Sie verfiel dann in ihren Heimatdialekt, einen Wiener Operettendialekt. Sie war in Liegnitz geboren, sie hatte Wien nie gesehen. Doch seit ihrem neunten Lebensjahr war sie in Wiener Operetten aufgetreten.

»Einen Kalbsbraten hab ich ihm mal bereitet, Lenerl, weil ich den Mann liebte und fett machen wollt und halten. Was meinst, er hat den Kalbsbraten gesoffen statt ihn zu fressen, er hat ihn runtergespült. Später hat er mir mal gestanden, daß er meinen wunderbaren Braten nicht hätt runterbekommen, wenn er sich nicht vorgestellt hätt mit aller Kraft seiner Phantasie, der Braten wär was Flüssiges. Lenerl, es ist ein Unterschied zwischen Trinkern und Essern wie zwischen Schiffen auf dem Meer und Eisenbahnen auf dem Land. Du kannst keine Eisenbahn ins Meer setzen, und du kannst kein Schiff über die trockene Erde fahren lassen! Lenerl, man fährt besser auf einer Eisenbahn.«

Lenchen begriff die von der Alten eifrig vorgetragene Ausführung über Trinker nicht ganz. Aber es war klar, daß die Alte Bornwasser für einen Mann hielt, vor dem man sich hüten müsse. Das gleiche hatte Lenchen ja auch bereits empfunden. Sie beschloß, die Verabredung mit ihm nicht einzuhalten und ihn nicht wiederzusehen. Der Entschluß stimmte sie heiter.

Sie löschte das Licht und wollte schlafen.

»Hast du ihn Geige spielen hören?« fragte die Alte.

»Nein.«

»Von wem weißt du, daß er wunderbar spielt?«

»Von ihm.«

Ehe noch drei Monate vergangen waren, gab es keine komische Alte mehr in dem kleinen Zimmer. Sie war zu ihrer

Stiefschwester nach Anklam gezogen, vertrieben durch Karl Bornwasser. Der wohnte jetzt in dem Zimmer neben Lenchen, spielte tagsüber Geige, störte nachts mitunter die Nachbarschaft durch Wutanfälle, blieb die Miete schuldig und war der Wirtin ein Ärgernis. Lenchen schlief mit ihm, kochte ihm Essen und stickte Sofakissen, weil Karl Bornwasser das so wollte.

Wenn Lenchen nicht stickte, las sie Bücher, die Karl Bornwasser ihr gab – über Schädellehre, über Körperbau und Charakter, über Naturwissenschaft und Philosophie. Sie wurde blaß, sie magerte ab, ihr Gang wurde scheu, ihr Haar glanzlos.

Karl Bornwasser quälte sie mit Mißtrauen und einer Eifersucht, die bis in ihre Kindheit drang. Nacht für Nacht verwickelte er sie in komplizierte Gespräche, wies ihr Widersprüche nach und Lügen. Sie weinte, weil sie bei ihm war, und sie weinte, wenn er drohte, fortzugehen.

Die Briefe von Alfred Lieder und Bruno Gottlob ließ sie an die Adresse ihrer Filmkollegin Lizzy schicken, mit der sie sich unter Wahrung größter Vorsichtsmaßregeln einmal wöchentlich heimlich eine Stunde traf. Bornwasser hatte den Umgang mit diesem Mädchen hart verurteilt, seitdem Lenchen ihm erzählt hatte, daß die Lebensführung des Mädchens nicht frei von Leichtfertigkeit und Zynismus sei. Sie hatte versucht, Lizzy zu verteidigen, was ihr übel bekommen war und mit dem weinend gegebenen Versprechen geendet hatte, diesen Umgang restlos aufgeben zu wollen. Sie war Bornwasser nicht gewachsen, und sie hatte ein schlechtes

Gewissen. Wenn Bornwasser mißtrauisch war, so wußte sie besser als er, daß er mit seinem Mißtrauen recht hatte.

Lenchen schimpfte sich manchmal bei Lizzy das Herz frei über Karl Bornwasser. Trennte sie sich dann von Lizzy, so war ihr ganz heiß vor schlechtem Gewissen und Liebe.

Im November fuhr Lenchen für einige Tage nach Haus zu den Eltern.

Leicht und munter wie ein Kinderluftballon fühlte sie sich ohne Karl. Wie klar konnte das Leben sein, wie heiter, wie gut.

Die Mutter glaubte, daß die schwere Filmarbeit an Lenchen so gezehrt habe; der Vater streichelte Lenchens Haar, und auch die Geschwister waren lieb und gut zu ihr.

Lenchen hatte Karl gesagt, daß sie drei Tage bliebe. Sie blieb drei Wochen. Sie entbehrte Karl nicht und fürchtete doch, er könne wissen, wie wenig sie ihn entbehrte. Sie schrieb ihm jeden Tag einen langen Brief.

Nach drei Wochen kündigten sowohl Alfred Lieder als auch Karl Bornwasser ihr Kommen an. Karl unter dem Vorwand, notwendige medizinische Studien nur in Bonn machen zu können.

Das elterliche Heim hörte auf ein Heim zu sein für Lenchen. Ihr wurde bewußt, wie sehr sie auch hier lügen mußte.

Sie drahtete Karl Bornwasser nach Berlin ihre Ankunft, erfand für die Eltern neue Lügen über den Grund ihrer Abreise.

Verzweifelt, verheult und krank vor Heimweh im voraus, nahm sie Abschied von ihrer Familie und reiste zuerst einmal nach Köln, um dort Alfred Lieder zu treffen.

Diese Zusammenkunft war für Lenchen peinlich, aber nicht erschütternd. Alfred Lieder war ihr zuerst fremd und etwas eklig; daß sie mit ihm geschlafen hatte, begriff sie nicht mehr. Einen Abend und eine halbe Nacht saß sie mit ihm im Kölner Wartesaal, ließ sich die Hände drücken und übers Haar streichen. Zuerst hatte sie ihm die Wahrheit sagen mögen. Dann hatte sie es unterlassen aus Angst. Sie hatte ihn schon allzu lange belogen. Später hätte sie ihm vielleicht die Wahrheit gesagt aus Wut, Abscheu, Gereiztheit, wenn er sie arg bedrängt hätte.

Natürlich hatte er erst angefangen: »Lenerl, ich hab ein Zimmer, komm mit, ich tu dir nichts, Kind, wenn du nicht willst, aber wir sind allein – du kannst dich hinlegen, nur für eine halbe Stunde.«

»Nein, ich will nicht«, hatte Lenchen geantwortet, laut und mit hysterischer Energie.

Leider wurde Alfred Lieder sanft und demütig. »Lenerl, dummes, kleines Kind, ich kenn dich doch, ich versteh dich doch. Ich bin ja froh, wenn ich so bei dir sitzen darf. Einmal wirst du ja doch meine Frau.« Lenchen war gerührt und kam sich schlecht vor. Alfred Lieder begann ihr wieder zu gefallen. Sie schenkte ihm eine Wurst, die die Mutter ihr mitgegeben hatte, verabredete ein baldiges Wiedersehen mit ihm und weinte beim Abschied.

Es war ein Glück, daß Alfred Lieder immer noch nicht heiraten konnte und auch kein Geld hatte, Lenchen in Berlin zu besuchen. Mehrere Abschriften seines Lustspiels ruhten in den Schreibtischladen verschiedener Dramaturgen, die allenfalls selbst Stücke schrieben und keinesfalls fremde Stücke lasen. Die Stuttgarter Zeitung hatte seine Fähigkeiten nicht gewürdigt. Er war gezwungen gewesen, den kümmerlich bezahlten Posten eines Polizeiberichterstatters in Düsseldorf anzunehmen.

Im D-Zug Köln-Berlin schrieb Lenchen, durch Alfred Lieder in weiche nachdenkliche Stimmung versetzt, einen liebevollen Brief an Bruno Gottlob.

Auf dem Bahnsteig in Berlin taumelte sie Karl in die Arme. Sie saßen mehrere Stunden im Wartesaal. Karl fand Lenchen verändert und äußerte scharfe Zweifel an ihrer Liebe und Treue. Lenchen zitterte vor Müdigkeit und Nervosität.

»Früher warst du ja nie müde, meine Liebe, früher konntest du ja immer mit mir stundenlang sitzen, es hat sich eben in deinen Gefühlen was geändert.« In diesem Augenblick haßte Lenchen Karl Bornwasser so wild, daß sie klar und deutlich wünschte, er möge tot von seinem Stuhl fallen. Sie entsann sich mit Grauen der lückenlosen Kette von Nächten, an denen sie mit Karl in Wirtschaften gesessen hatte. Allein mit ihm oder mit der bunten Horde seiner Freunde. Bornwasser trank Bier und Schnaps, wurde immer wacher, immer fröhlicher. Sie saß viele, viele Stunden bei einer Tasse Kaffee, denn von dem Geld, das man ihr schickte und das sie hier und da verdiente, mußte sie Essen kochen.

Und sie gedachte der Qual des letzten Glases. Die Lider waren ihr wund und schwer vor Müdigkeit. Sie heuchelte mit letzter Kraft Munterkeit, da Bornwasser immer so furchtbar verachtungsvoll von müden Menschen sprach.

Sie saßen im kleinen Stammlokal in ihrer Gegend, das

noch geöffnet war, nachdem die größeren Lokale bereits geschlossen hatten. Der Wirt löschte das Licht, der Kellner zog im Hintergrund seine weiße Jacke aus, um ein wenig später als fremder Herr in Hut und Mantel das Lokal zu verlassen. Es gab keine Gäste mehr außer Karl und Lenchen. »Wir wollen gehn«, sagte sie manchmal leise, »wir müssen gehn, der Wirt guckt schon böse!« Leider guckte der Wirt selten böse.

»Kann ich noch ein Glas zum Abschluß haben?« fragte Karl. Und er bekam dieses letzte Glas, das Lenchen haßte, von dem sie mitunter träumte. Kein Glas wurde so langsam ausgetrunken wie dieses letzte Glas.

»Wir müssen gehn«, wagte Lenchen mitunter zu mahnen.

»Ich muß noch austrinken«, sagte Karl. Und er trank aus, eine kleine Ewigkeit lang trank er aus.

Sie saß mit Karl in einer Ecke des Wartesaals Friedrichbahnhof. Es war ein grauer Mittag, kein Morgen schien ihn geboren zu haben, und ein grauer Abend ohne Glanz und Sterne schien im bereitet.

Es roch nach frisch gewaschenen Tischtüchern, nach Maggis Suppenwürze und kalter Zigarrenasche. »Du irrst dich, Karl, ich bin nicht nur heute müde, ich war auch sonst mit dir nachts immer müde, ich hab nur nichts gesagt, weil du ja doch rücksichtslos … jetzt nach der langen Fahrt …« Lenchen schwieg. Es war die rebellischste Rede, die sie Karl gegenüber je gewagt hatte. Karl empfand es auch so.

»So«, sagte er, langsam und gefährlich. »So, du hast mich also dauernd belogen. Wer zu einer Lüge fähig ist, ist zu jeder Lüge fähig.« Lenchen weinte und schenkte Karl den Räucherschinken, den die Mutter ihr mitgegeben und kaufte ihm am Buffet eine große Flasche Cognac.

Es gelang ihr, noch im Laufe des gleichen Tages Karl zu versöhnen und von ihrer Liebe zu überzeugen.

Jetzt schob sich der Schaffner an Lenchen vorbei. Grimmig blickte er ins Abteil, den dicken Früchtehändler scheuchte sein Blick auf. Er drückte Karl sein Glas in die Hand, durchwankte schwerfällig das Abteil, zwängte sich durch die Tür.

Dicht neben Lenchen blieb er stehen, griff nach dem Arm des Schaffners und begann wirr und unverständlich zu reden und dazwischen laut und einladend zu lachen.

Er wollte den Schaffner zu seinem Freund machen, seine strenge Dienstlichkeit lockern. Er wollte ihn bestechen, um ungestört und unerlaubt weiter dritter Klasse fahren zu dürfen. Der Schnaps hatte ihn kühn gemacht, dröhnend umwarb er den kleinen Mann, der nicht recht wußte, was man von ihm wollte und aus Vorsicht und Neigung immer mißtrauischer und strenger wurde.

Der Dicke nahm aus seiner Rocktasche ein Fünfmarkstück, zog eine Karte dabei heraus – sie flatterte auf den Boden. Schwer atmend versuchte er sie aufzuheben. Lenchen half ihm, sie bückte sich schnell und leicht.

Karl hatte nicht alle unanständigen Photographien aus dem Fenster geworfen. Der Früchtehändler schien noch verborgene Vorräte zu haben. Nur versehentlich war Lenchens Blick auf die Karte gefallen, sie war besonders unanständig. Lenchen reichte sie dem Früchtehändler und gab sich Mühe auszusehen, als habe sie nichts gesehen.

Der Schaffner lachte über ein Fünfmarkstück, das der Dicke ihm gab, er lachte auch über die unanständige Karte.

Lenchen ging zurück ins Abteil und streckte Karl ihre schmutzigen, kleinen Hände hin. Karl nahm die Hände und sagte: mein Liebling, mein Lenchen.

So lange ich lebe, werde ich nur Karl lieben, dachte Lenchen. Alle Männer sind Schweine, aber Karl ist ein Engel. Ohne ihn müßte ich sterben. Wie gut, daß ich mich für ihn opfern kann, wie gut, daß ich ihm meine Liebe beweisen kann – wie gut, daß das mit den neuntausend Mark geschah.

Im Frühjahr geschah das mit den neuntausend Mark.

Karl bekam neuntausend Mark.

Karl hatte einen siebzigjährigen Onkel in Berlin, einen Bruder seiner Mutter.

Der Onkel war vermögend, bewohnte ein hübsches, kleines Haus im Vorort Lichtenrade und lebte gern und gut. Außer mit theologischen Studien befaßte er sich mit Obstzucht und der Herstellung von Obstweinen. Er ekelte sich vor Politik und liebte Musik. Er liebte seinen Neffen Karl hauptsächlich seines Geigenspiels wegen und hatte ihm vor Jahren eine Stradivari geschenkt.

Karl liebte die Geige und auch den Onkel, der als einziger der Familie seinen Verstand, seine Logik, seine musikalischen Fähigkeiten bewunderte, statt mehr oder weniger laut von einem verschlampten, verpfuschten Leben zu reden.

Hauptsächlich dieses Onkels wegen war Karl vor einem Jahr von Stockholm nach Berlin gekommen. Er fühlte selbst, daß sein Leben zerfloß. Er hatte oft Angst. Er hatte zwölf wunderbare Jahre gehabt. Von achtzehn bis dreißig. Man hatte ihn überall geliebt und bewundert. Jedes Examen hatte er mit Auszeichnung bestanden, seine Doktorarbeit hatte Aufsehen erregt.

Mit dreißig Jahren hatte er endgültig aufgehört, für andere ein Wunderjüngling zu sein. Bei Fachkollegen galt er als Mann von solidem Wissen und Können. Statt Bewunderung erntete er allenfalls noch höfliche Anerkennung.

Er aber wollte weiter etwas Besonderes sein. Da er nicht darauf angewiesen war, Geld zu verdienen, verfaulenzte er Jahr auf Jahr. Er schnüffelte in allen Kliniken Europas herum, beobachtete gut und lernte Neues. Er schrieb wissenschaftliche Abhandlungen, die nie fertig wurden und betrank sich regelmäßig und gewissenhaft, um weiter an sein Glück und sein Genie glauben zu können.

Sehr lange Zeit hindurch hatte seine Mutter mehr an sein Genie als an seine Trunksucht geglaubt.

Zehn Jahre lang hatte sie darauf gewartet, daß er den Nobelpreis bekommen würde. Sie zweifelte allmählich an seiner Strebsamkeit. In der letzten Zeit hatte sie ihm die monatlichen Zuwendungen gekürzt.

Karl hatte magere Zeiten hinter sich, als er plötzlich von dem Onkel neuntausend Mark bekam. Der Onkel hatte die neuntausend Mark mit einem Los der preußischen Klassenlotterie gewonnen. Karl sollte von dem Geld für sich und Lenchen eine Existenz aufbauen. Der Onkel kannte Lenchen, und sie gefiel ihm.

Außerdem erhoffte der Onkel sich von dieser Schenkung

einen eigenen Profit. Er hatte jedes Jahr einige Wochen oder auch Monate im Ausland verbracht. Diese liebe Gewohnheit hatte er seit der Devisengesetzgebung aufgeben müssen. Seine Kenntnis der Devisengesetzgebung war dürftig. Eigentlich wußte er nur, daß es einem Deutschen verboten war, mit tausend Mark in der Brieftasche über die Grenze zu fahren. Karl war kein Deutscher, er war Schweizer Staatsangehöriger, würde also wohl ohne weiteres mit geschenkten neuntausend Mark in alle Länder der Welt reisen können. Karl hatte in letzter Zeit öfter davon gesprochen, daß er sich nun doch in Zürich oder Genf als praktizierender Arzt niederlassen wolle.

Der Onkel glaubte an die Ernsthaftigkeit dieser Pläne. Karl würde mit neuntausend Mark in der Schweiz etwas anfangen können. Was fehlte, würde die Mutter geben. Karl war tüchtig und würde bald viel Geld verdienen. Und er, der Onkel, würde jedes Jahr für einige Zeit zu Besuch kommen.

Als der Onkel ihm die Schenkung der neuntausend Mark ankündigte, blieb Karl gleichmütig. Der Onkel hätte genau so gut auf ein Flugzeug, das, klein und schwarz, hoch oben durch die Wolken surrte, deuten können und sagen: dieses Flugzeug gehört dir. Karl glaubte nicht daran. Es gab nur eine Art von Geld für ihn und das war die, die man anfassen konnte, die man in der Hand hielt.

Als er neun Tausendmarkscheine in der Hand hielt, wußte er, daß er neuntausend Mark besaß und verwandelte sich. Er war aus wohlhabendem Hause, er hatte viel Geld verschwendet in seinem Leben, aber er hatte noch nie tausend Mark auf einmal in der Hand gehabt.

Lenchen hatte den Anbruch einer wüsten alkoholischen Ära befürchtet. Sie hatte damit gerechnet, daß Karl ein Schwimmbassin voll Schnaps kaufen und viel Schreckliches, Gefährliches tun würde.

Doch Karl tat gar nichts Wildes. Er wurde peinlich sparsam. Lenchens zaghaften Vorschlag, dringende Schulden zu bezahlen, lehnte er als leichtfertig und unökonomisch entrüstet ab. Er begann billigere Zigaretten zu rauchen und weniger zu trinken. Er hielt Lenchen dazu an, nur noch Tomatenreis und billige Kohlgerichte zu kochen.

Statt Geige zu spielen, saß er in Lenchens Zimmer auf dem Bett, den Kopf in beide Fäuste gestützt und machte Pläne. Und im Gegensatz zu früher war er entschlossen, seine Pläne zu verwirklichen.

Er war entschlossen, nie mehr weniger Geld zu haben als neuntausend Mark, und darum war er entschlossen, zu arbeiten, bürgerlich zu leben.

Er mußte in die Schweiz. Sofort. Dort hatte er die besten Beziehungen. Vielleicht würde es ihm gelingen, Anstellung in einer Klinik zu finden, wo er Zeit und Gelegenheit haben würde, weiter selbständig wissenschaftlich zu experimentieren.

Er würde zuerst bei seiner Mutter wohnen. Sollte es ihm nicht gelingen, innerhalb eines halben Jahres in einer Klinik unterzukommen, würde er beginnen zu praktizieren. Lenchen wollte er behalten.

Lenchen erfuhr durch Karl, daß Deutschland eine politische Auffassung habe, verschieden von der politischen Auffassung anderer Länder.

Lenchen hatte bisher geglaubt, daß Grenzen die Länder trennten, und Sprache sie voneinander schied. Und sie hatte geglaubt, daß im übrigen überall der gleiche Gott, die gleichen Gesetze, die gleichen Verbote, die gleichen Begreiflichkeiten und Unbegreiflichkeiten herrschten. Nun ließ sie sich von Karl überzeugen, daß man in anderen Ländern heiterer und angenehmer leben könne.

Karl wollte, daß Lenchen sofort mit ihm in die Schweiz führe. Geld brauchte sie nicht, sie würde mit ihm bei seiner Mutter wohnen, in einem halben Jahr würde man heiraten.

Lenchen wehrte sich, und Karl wurde mißtrauisch. Sie wollte, er solle vorfahren, sie würde nachkommen. Er wurde böse, und Lenchen fand, daß er recht habe, böse zu sein. Sie war sehr unglücklich. Sie hatte Angst, Karl zu heiraten und ihm so ganz und gar ausgeliefert zu sein. Und was sollte mit Bruno Gottlob und Alfred Lieder geschehen?

Sie suchte zu verhindern, daß Karl nach Godesberg fuhr, um mit ihren Eltern zu sprechen. Sie war sicher, daß Karl ihren Eltern nicht gefallen würde, und Karl wiederum mußte sich nach ihren Schilderungen die Eltern gänzlich anders vorstellen, als sie waren.

Um Karl von ihrer Liebe zu überzeugen, erbot Lenchen sich, die neuntausend Mark über die Grenze zu schaffen. Bei ihr würde man das Geld nicht vermuten. Sie steigerte sich immer heftiger in ihrem Plan hinein, widerlegte mit Eifer und Zähigkeit Karls Bedenken und ließ sich beglückt als engelhaft, klug und mutig bewundern.

Eine äußere Anregung für Lenchens Entschluß hatte es gegeben: Tante Camilla.

Tante Camilla war die Geißel von Lenchens Familie. Lenchens Familie war zahlreich, ihr Vater hatte zwölf Geschwister, ihre Mutter neun. Der größte Teil der Verwandten lebte im Rheinland, aber es gab auch Verwandte in Potsdam, in München, in Paris und in Buenos Aires.

Tante Camilla war die einzige unverheiratet gebliebene Schwester von Lenchens Vater. Sie war fünfzig Jahre alt. Seit Jahrzehnten lebte sie von Unterstützungen der Familie.

Seit Jahrzehnten galt Tante Camilla in der Familie als wunderlich und nicht ganz normal. Vor ein paar Jahren war sie nach einem Anfall von Verfolgungswahn sogar vorübergehend in einer Anstalt interniert gewesen.

Unangemeldet, unerwartet, schwarz und verschleiert, tauchte sie abwechselnd bei Verwandten in München, Potsdam, Paris, Köln oder Godesberg auf, um Tage, Wochen oder auch Monate zu bleiben.

Manche nahmen sie aus Mitleid auf, manche aus verwandtschaftlicher Pietät, manche aus Angst vor den anderen Verwandten und manche, weil sie nur mit Gewalt zu entfernen gewesen wäre, nachdem sie sich einmal entschlossen hatte zu bleiben.

Sie reiste stets mit zwei riesigen, schweren Koffern, die sie von niemandem tragen ließ, obwohl sie selbst klein, zart und mager war.

In dem Haus, in dem sie wohnte, entstand ein übern andern Tag Kurzschluß, da sie an einer Erfindung arbeitete, und zwar an einer Art von elektrischem Motor. Wegen dieser Erfindung montierte sie Lampen, Lichtschalter und Steckkontakte ab. Zwei ihrer Schwestern glaubten fest an Camillas technische Fähigkeiten.

Sie war fieberhaft tätig, sie machte alles kaputt, um praktisch zu sein. Dieses Praktischsein war mit den Jahren immer ärger geworden.

Sie schnitt Klubsessel entzwei, um aus dem Leder Handtaschen zu nähen. Aus Mullgardinen machte sie Hemden und aus Seidenhemden Nadelkissen. Sie zerhämmerte Vasen und Aschbecher und fertigte aus den Stücken mühevoll Tischplatten an, kunstvolle Mosaikarbeiten. Aus Teppichen machte sie Kissen, aus Diwandecken Mäntel, aus Steppdecken Bettvorleger, aus Pantoffeln Geldbörsen.

Früher hatte sie eine kindliche und dankbare Freude an gutem Essen gehabt. Jetzt hatte sie keine Zeit mehr zum Essen. Früher hatte sie sich gerne geschmückt, auf eine lächerliche, hilflose und etwas traurige Art geschmückt. Jetzt hatte sie keine Zeit mehr, sich zu schmücken. Früher hatte sie anderen Menschen gefallen und vor ihnen gelten wollen. Jetzt hatte sie keine Zeit mehr für die Menschen, die um sie waren.

Sie schrieb ein Werk, in dem sie das Treiben der unterirdischen Mächte aufdeckte, die sie ins Irrenhaus gebracht hatten. Sie arbeitete, um eine Erbschaft aus Amerika zu erhalten, die ihr gebührte und unterschlagen worden war. Sie sprach manchmal davon, daß sie den Kampf gegen die Unterwelt aufnehmen müsse. Einige ihrer Schwestern glaubten, daß an Camillas Erbschaftstheorie was dran sei, und daß man sie ebenfalls betrogen habe.

Sie zeichnete. Früher hatte sie eine zittrige Hand gehabt

und war kaum imstande gewesen, ihren Namen leserlich zu schreiben. Jetzt zeichnete sie mit starken, sicheren Linien Menschen, Würfel, Häuser und schöne, seltsame, undeutbare Gebilde. Sie spielte Klavier und begann englisch und französisch zu sprechen, ohne es früher gelernt zu haben.

Früher war Tante Camilla ihren Verwandten ein schwieriger Gast gewesen, den man mehr oder weniger ergeben hinnahm. Jetzt, in der Blüte der Rassen- und Vererbungstheorie war Tante Camilla etwas besonders Peinliches geworden, nämlich eine Erbmasse.

Ein jüdischer Großvater wäre für die gesamte Familie vernichtend gewesen. Eine verrückte Tante war auch nicht angenehm.

Ein Teil der Familie entschloß sich, Camilla nach wie vor verrückt zu finden, ihre Krankheit aber auf einen Blitzschlag zurückzuführen, der sie als Kind einmal beinahe getroffen hatte. Ein anderer Teil der Familie entschied sich, Camilla allenfalls für etwas altjüngferlich zu halten, für sehr begabt und im übrigen für vollkommen normal.

Für Tante Camilla ergaben sich materielle Vorteile. Früher hatte man ihr sofort bereitwillig Reisegeld zur Verfügung gestellt, wenn sie eine leise Neigung zeigte, abzureisen, um den nächsten Verwandten heimzusuchen. Jetzt ließ man sich mitunter hinreißen, ihr das Reisegeld in die Hand zu drücken. Sie nahm es und reiste doch nicht. Und darin war sie auffallend normal: Geld, das sie einmal hatte, gab sie nicht mehr her. Und da sie in der letzten Zeit gelernt hatte, daß man bereit war, ihr mehrfach Reisegeld zu geben, fuhr sie nicht ab, ehe man ihr dreimal Reisegeld gegeben hatte. Sie brauchte aber auch mehr Geld als früher, sie aß nicht mehr bei den Verwandten. Sie kaufte sich Brötchen, manchmal ein Stück Wurst, manchmal eine Flasche Rotwein. Ihre braunen Augen schienen oft blaß vor Angst. Sie wurde schweigsamer, beinahe stumm. Ihr Gang und ihre Bewegungen wurden scheuer und rastloser.

Als Karl die neuntausend Mark bekam, war Tante Camilla bei Lenchens Verwandten in Potsdam zu Besuch. Diese Verwandten gehörten zu denen, die sich entschieden hatten, Tante Camilla normal zu finden.

Lenchen wurde von den Verwandten alle drei bis vier Wochen sonntags zum Mittagessen eingeladen.

Sie entsann sich genau des Besuches, der so wichtig wurde.

Sie saß im Eßzimmer, Tante Veronika rumorte in der Küche. Onkel Theo saß bei Lenchen und fragte, was sie für Nachrichten von zu Haus hätte. Dann kamen zwei lustige Vettern in Sportkleidung mit einem Freund, der boxte und beinahe schon berühmt war. Die Vettern waren sehr stolz auf ihren Gast, und der Onkel machte Scherze und war wohlwollend, sprach von Deutschland und von der Jugend. Durch die Tür wehte ein warmer Geruch von Hammelbraten und Bohnen. Ein blondes, mäßig hübsches Mädchen kam herein, Lenchens Cousine. Sie stellte eine Flasche Wein auf den Tisch und wurde rot, als sie den jungen Sportsmann, der beinahe berühmt war, begrüßte.

Und dann kam Tante Camilla. Vorsichtig nach allen Seiten spähend kroch sie eigentlich mehr ins Zimmer, als daß sie ging. Auf dem Kopf trug sie ein Stückchen Wellblech. Sie trug eine Autobrille und war in etwas Panzerartiges gekleidet. Sie nahm aus einem kleinen Eckschrank einen Band Meyers Konversationslexikon, nickte den Anwesenden flüchtig, ein wenig ängstlich und ein wenig herablassend zu, setzte sich an den Eßtisch und begann im Lexikon zu lesen. Aus der Rocktasche holte sie ein zerknülltes Blatt Papier und einen Bleistift – las, machte sich hier und da Notizen, und die Umgebung schien für sie versunken zu sein. Einmal sah sie kurz auf, streifte die Gesellschaft mit einem flüchtigen Blick und sagte: »Affenmenschen«.

Das Mittagessen verlief unerfreulich. Später kam es in der Küche zu einer feindlichen Auseinandersetzung zwischen Tante Veronika und ihrem Mann, bei der Lenchen anwesend war. Sie half der Tante beim Abtrocknen des Geschirrs.

Tante Veronika sah das keimende Glück zwischen ihrer Tochter und dem jungen Sportsmann gefährdet und zwar durch die verrückte Camilla, die noch dazu Unkosten bereitete und sich undankbar benahm. Camilla war nicht ihre Schwester, sondern die Schwester ihres Mannes. In ihrer Familie waren keine Verrückten. Der Onkel Theo schien sichtlich schuldbewußt und wagte kaum noch zu behaupten, daß Camilla vollkommen normal sei.

Lenchen erbot sich, die Tante Camilla aus dem Eßzimmer von den jungen Leuten fortzuholen und mit ihr in eine Konditorei zu gehen. Man glaubte nicht, daß ihr das gelingen würde, aber es gelang ihr.

Sie trank Kaffee mit Tante Camilla, aß Kuchen mit ihr und unterhielt sich mit ihr. Lenchen hatte Tante Camilla ganz gern, sie war ihr vertraut seit ihrer Kindheit. Sie fand sie weder normaler noch verrückter als zum Beispiel die Tante Veronika.

Eigentlich waren alle Menschen verrückt. Gewiß, Tante Camilla band sich ein Stück Blech auf dem Kopf fest und sah etwas komisch aus und hatte keinen Hammelbraten essen wollen. Sie sprach davon, daß Tante Veronika sie vergiften wollte und daß die Menschen ihre Feinde wären. Lenchen fand Tante Camilla darum keineswegs verrückt. Wenn sie's ungestraft tun könnte, würde Tante Veronika die Tante Camilla gewiß sehr gern vergiften.

Sonst dachte Lenchen nicht viel. Sie wußte annähernd, was erlaubt und nicht erlaubt war. Sie konnte zwischen gut und böse unterscheiden, bei sich selber mehr als bei anderen. Einen Unterschied zwischen Verrückten und Normalen begriff sie nicht. So vieles auf der Welt war unverständlich, fast alle Menschen waren unverständlich, man mußte sie hinnehmen. Sie selbst war sich auch oft unverständlich. Warum sollte es unter all dem Unverständlichen noch etwas besonders Unverständliches geben?

In der kleinen Konditorei äußerte Tante Camilla die Absicht, demnächst zu ihrer Schwester Bianca nach Paris zu fahren.

Lenchen erzählte das später den Potsdamer Verwandten.

Einige Tage später bat der Potsdamer Onkel Lenchen um ein Zusammentreffen.

Lenchen traf den Onkel und erfuhr, daß Tante Camilla für die in Deutschland lebende Familie nicht mehr erträglich sei. Ehen wurden durch sie zerrüttet. Denn der Ehepartner, der nicht blutsverwandt mit ihr war, machte sie dem anderen erbittert zum Vorwurf. Sie gefährdete Glück und Fortkommen der Kinder. Feindlichen Nachbarn wurde sie zum Anlaß giftiger Schadenfreude und tückischer Denunziationen.

Man habe ja gesehen, meinte der Onkel, daß Lenchen die einzige sei, die auf Tante Camilla Einfluß habe. Und er bat Lenchen, Tante Camilla nach Paris zu bringen zu Tante Bianca, die in Paris sorglos und glücklich verheiratet lebte.

Lenchen sollte mit Tante Bianca sprechen und ihr die verzweifelte Situation der deutschen Verwandten klar machen. Lenchen sollte verhindern, daß Tante Camilla unterwegs aussteigen würde und sie sicher abliefern. Lenchen sollte sich bei der Gelegenheit die Pariser Weltausstellung ansehen. Das Reisegeld würde der Onkel ihr schenken, die Reiseerlaubnis von ihren Eltern würde er schriftlich einholen, das Visum würde er ihr besorgen.

Lenchen sah in diesem Angebot des Onkels eine Lösung aus den drängendsten Schwierigkeiten. Sie würde Karls Geld über die Grenze nehmen, dann würde er gut sein zu ihr und an ihre Liebe glauben müssen.

Sie brauchte keinen Abschied von den Eltern zu nehmen und ihnen nichts zu erklären.

Karl würde diese Reise nach Paris günstig finden müssen.

Er würde auf eine Zusammenkunft mit ihren Eltern verzichten.

Sie würde einige Zeit bei der Tante in Paris wohnen, und Karl würde nach Zürich fahren. Und dann? Sie wußte nicht, was dann sein würde. Zuerst einmal würde sie bei einer Tante sein, die ihr von früher her als angenehm in der Erinnerung lebte.

Karl sah zuerst keinen Vorteil in dieser Pariser Reise. Er hielt es für ein schwieriges Unternehmen, mit neuntausend Mark und einer Geisteskranken über die Grenze zu reisen.

Daß er schließlich nachgab, war die Schuld oder das Verdienst der Tante Camilla.

Lenchen hatte die Tante täglich bei ihren Potsdamer Verwandten aufgesucht, um sie zu der Pariser Reise zu überreden. Die Tante hatte erklärt, sie wolle nach Paris reisen, aber erst in drei Jahren. Die Potsdamer Familie war ziemlich niedergeschlagen, und Lenchens frisch erworbenes Ansehen schwand zusehends.

Eines Nachmittags veranlaßte Lenchen Karl, mit ihr nach Potsdam zu fahren. Sie stellte ihn den Verwandten als bedeutenden Arzt vor, der vielleicht auf Tante Camilla Einfluß nehmen könne.

Karl brauchte überhaupt keinen Einfluß zu nehmen. Er hatte Einfluß, von dem Augenblick an, da Tante Camilla ihn sah. Sie war zutraulich, heiter und mitteilsam und bereit ihm zu folgen, wohin er wollte. Lenchen bewunderte Karl, die Potsdamer Familie bewunderte Karl, und Karl selbst hatte Freude an sich. Wie die meisten Männer fühlte er sich geschmeichelt, wenn Katzen, Hunde und kleine Kinder ihm entgegenliefen oder auf den Schoß krochen. Gleicherweise rührte und schmeichelte ihn auch das Zutrauen der Irren. Außerdem buchte er die erfolgreiche Art, mit der Armen umzugehen, als medizinische Fähigkeit, die er sich um so höher anrechnete, als er kein Psychiater war.

Und drei Tage nach Karls Besuch in Potsdam reisten Karl, Lenchen und die Tante mit dem Nachmittagszug nach Paris.

Der Zug fuhr durch die dunkle Bläue des Abends. Lenchen vergrub den Kopf tiefer in ihren Lamm-Mantel. Karl war mit dem dicken Mondgesichtigen in den Speisewagen gegangen, um einen Cognac zu trinken, nachdem beide die Flasche Steinhäger ausgetrunken hatten.

Lenchen faßte nach der Hand der Tante, die neben ihr saß. »Ich werde mit ihr aussteigen«, dachte Lenchen. In Hannover werde ich mit ihr aussteigen oder in Köln. Aber die Tante würde nicht aussteigen, wenn Karl nicht ausstieg. Also mußte man Karl alles sagen.

Wochenlang, tage- und nächtelang hatten Karl und Lenchen überlegt, wie man die neuntausend Mark am besten über die Grenze schmuggelte. Ihre Einfälle waren immer skurriler und dümmer geworden.

Schließlich hatten sie sich entschieden, das Geld in eine Thermosflasche zu stecken, in die Thermosflasche Kaffee zu füllen und sie an der Grenze ruhig auf dem Klapptischchen stehen zu lassen.

Vor drei Wochen noch hätte sich Lenchen die neuntausend Mark in den Brustausschnitt gesteckt und wäre munter und bedenkenlos damit über die Grenze gereist. Nun aber hatte Karl drei Wochen lang mit ihr alle nur erdenklichen Gefahren, alle nur erdenklichen Tücken der Kontrollbeamten, alle nur erdenklichen Strafen im Falle von Erwischtwerden durchgesprochen, und Lenchen war blöd und verstört geworden wie eine Hummel, die sich in ein Zimmer verflogen hat und taumelnd umhersurrt – unfähig, den Weg durchs weit geöffnete Fenster hinaus zu finden.

Eine Stunde vor Abgang des Zuges hatte sie mit Karl und Tante Camilla und Onkel Theo im Wartesaal gesessen. Die Thermosflasche mit dem Geld trug sie in ihrer Reisetasche, die Reisetasche hing ihr am Arm.

Sie hing ihr auch am Arm, als sie Tante Camilla auf die Toilette begleitete. Tante Camilla hatte, wie immer, das panzerartige, mit schwarzem Strickstoff umkleidete Gebilde an. Es war in der Taille zusammengebunden und stand oben im Nacken eine halbe Handbreit weit ab.

Auf dem Klosett hatte Lenchen in rasender Eile die Flasche hervorgekramt, sie ausgeleert, die neun Tausendmarkscheine rausgeklaubt, zusammengeknüllt und sie der Tante hinten in den Panzer gesteckt.

Da saß die Tante nun im Zug, ahnungslos, als lebende Sparkasse. Lenchen begann, ihre Fingernägel abzureißen, langsam, systematisch, einen nach dem andern.

»Fräulein, wie können Sie nur so nervös sein!« sagte die behäbige Frau in milde strafendem Ton, »sowas ist eine nervöse Angewohnheit, ein Neffe von mir hatte sie auch, aber der war geistig überanstrengt. Lange Zeit war er bei einem Schriftsteller, der ihm Romane diktiert hat, Gott wie heißt er denn noch? Sehr bekannter Schriftsteller, Sie kennen ihn auch sicher, wie heißt – also mir ist doch wirklich der Name entfallen. Also, er ist in den mittleren Jahren, hat so'n schmales Gesicht mit Brille und hat zuletzt sehr wenig verdient, es ist ja überhaupt ein Elend mit den geistigen Berufen heutzutage. Ich kann Ihnen nur den Rat geben, Buttermilch zu trinken, Fräulein, es stärkt das Nervensystem, mein Neffe ist vollkommen geheilt worden durch Buttermilch.«

»Buttermilch ist gesund«, sagte die Tante Camilla plötzlich wach und fröhlich. Sekundenlang schien ihr Blick klar, ohne Nebel und Schleier. »Buttermilch«, sagte sie noch einmal, und ihre Hände bewegten sich, als wollte sie dieses Wort aus einer Welt entglittener Erinnerungen greifen, festhalten –

»Butterm …«

»Ihr Herr Gemahl scheint ja recht lange fortzubleiben«, sagte die behäbige Frau zu Lenchen.

»Er ist nicht mein Mann.« Die behäbige Frau nickte zufrieden. So eine Reise hatte etwas von einem Kinobesuch, und es war hübsch und interessant zu wissen, welche Beziehung gemeinsam reisende Paare miteinander verband.

»Ich hätt's mir denken können, Fräulein, Sie sind ja noch viel zu jung, um verheiratet zu sein?«

»Dreiundzwanzig«, antwortete Lenchen wie ein artiges Kind.

»Ach, ich hätte Sie für jünger gehalten. Dann ist der Herr wohl das ältere Brüderchen?«

Nettes Brüderchen. Lenchen seufzte. »Der Herr ist – er ist ein alter Bekannter meiner Eltern.« Sie hatte sagen wollen, er ist mein Verlobter, wir wollen bald heiraten. Das hätte auf die behäbige Frau einen braven, soliden Eindruck gemacht, und Lenchen wollte so gern freundlich angesehen werden. Aber dann hatte sie plötzlich dumpfe und abergläubische Angst, von Karl als von ihrem Verlobten zu sprechen; die dicke Frau schien eine Art Standesamt, umgänglich, nett und unerbittlich. Man hatte ihr nicht zu erzählen, man hatte vor ihr Bekenntnisse abzulegen. Und wenn man bekannte, verlobt zu sein, so war man's. Lenchen wollte es nicht sein. Das Leben mit Karl war neblig, grau und qualvoll, nie würde es anders sein mit ihm.

Der junge Mann in der Ecke lächelte Lenchen zu.

Lenchen lächelte höflich und matt zurück. Sie war zufrieden, daß er gehört hatte, daß sie weder Karls Braut noch Ehefrau war.

»Mir fällt was ein«, sagte der junge Mann und hatte plötzlich runde, rote Backen. Er hob seine Pappschachtel aus dem Gepäcknetz. Ohne Hast, mit sanftem Geschick entknotete er den silbrig blonden Bindfaden.

In der Pappschachtel lagen ein kleines graues Beutelchen, ein sauber gebügeltes Herrenhemd und viele, kleine, schrumplige rote Äpfel.

»Im Geschmack sind sie gut«, sagte der junge Mann und hielt die Schachtel Tante Camilla entgegen. Wieder flog kurz ein Schein freundlicher Klarheit über Tante Camillas Gesicht. Sie nahm einen Apfel und sagte: »Nun fehlt nur noch ein Punsch.« Ihre Stimme klang jüngferlich kokett, zart und feierlich nach Weihnachten, guter Stube und kleinen Nippfiguren.

Lenchen aß einen Apfel. Sie hatte wieder Lust am Leben. Wozu die Angst? Alles könnte gutgehen, alles würde gutgehen. Sie war jung und hübsch, und die Menschen waren hilfreich und gut. Gutes kam aus diesem alten, fleckigen Pappkarton, den der junge Mann auf den Knien hielt. Sie fühlte

Zärtlichkeit für die anmutige Armut dieses Reisegepäcks, sie hätte die Pappschachtel streicheln mögen.

Sie ging auf den Gang, das Fenster war geöffnet. Sie streckte eine Hand hinaus – die abendkühle Luft war weich und seidig. Erloschen war die Pracht des Sommertages, aber es war noch nicht dunkel. Am blassen Himmel glitzerte ein Stern.

Ich werde ein neues Leben anfangen, dachte Lenchen. Sie wurde ruhig und heiter, obwohl sie nicht ahnte, welcher Art das neu zu beginnende Leben sein sollte. Neues Leben hieß vor allem, kein altes Leben mehr haben. Man zieht das alte Leben aus, wie man Schuhe auszieht, die drücken, und alles ist gut. Man ist ohne Qual und ohne Makel, Gewesenes gilt nicht mehr. Alles Ekelhafte, das einem jetzt noch geschehen kann, wird man hinnehmen als Buße für vergangene Sünden. Wovor also soll man sich noch fürchten?

Lenchen durchwankte langsam die Gänge zum Speisewagen. Sie hatte Mut, mit Karl zu sprechen. Der Weg war lang und unangenehm. Das Schrecklichste waren ihr die Stellen, wo die Wagen aneinander gekoppelt waren. Ein höllisch dunkler, schmaler Durchgang, ein Geschlinger von Eisenplatten, erfunden und tückisch bewahrt von kleinen Teufeln, die irgendwo in der Eisenbahnverwaltung sitzen mochten.

Aus Furcht vor diesen Übergängen hatte Lenchen bei früheren Reisen nie gewagt, in den Speisewagen zu gehen. Jetzt tat sie es und fühlte den Beginn des neuen Lebens.

Sie blickte in die Abteile der ersten und der zweiten Klasse. Sie war nie zweiter oder erster Klasse gefahren. Sie sah auf einem roten Sofa eine helle, blonde Dame sitzen in einem dunkelgrünen Kostüm, das mit einem flaumigen, braunen Pelz besetzt war. Die Dame trug ein dunkelgrünes Hütchen mit einer munteren, braunen Feder; in glatten, hellen Händen hielt sie ein glattes, buntes Magazin. Wie blank sie ist, dachte Lenchen.

Müde und traurig lehnte sie sich ans Fenster und vergaß eine Minute lang Karl, Tante, Geld, neues Leben und Gefahren. Sie fühlte sich verstaubt und zerknittert. Sie wollte über ihren Rock streichen, über ihr Haar, ihre Hand war zu müde. Sie würde ewig eine Verstaubte und Zerknitterte sein, ihre Hände konnten ihr nicht helfen. Im Fensterglas sah Lenchen ihr Spiegelbild, blaß und zerrinnend. Kleine Regentropfen sprühten gegen die Scheibe. Der Himmel weint auf meinem Gesicht. Lenchen seufzte. Sie hatte eine große Sehnsucht und wußte nicht wonach. Dunkle, graue Wolken hingen am Himmel, finstere Riesensäcke, gefüllt mit aller Schwermut der Erde.

Lenchen machte eine wehende Bewegung mit beiden Händen. Sie entsann sich, daß sie ein neues Leben begonnen hatte. Sie brauchte also nicht traurig zu sein. Über sich nicht, über die blanke, blonde Dame nicht und nicht über die dunkelroten, fahrenden Sofas und die grauen, schweren Wolken.

Im Speisewagen führten Karl und der dicke Früchtehändler ein fröhliches, rauhes Männerleben. Der Tisch, an dem sie saßen, sah besoffener aus als die beiden Männer. Kleine braue Kaffee-Seen zierten seine Glasplatte, dazwischen trieben sich verfleckte Speisekarten herum, Häufchen von Asche, zerknüllte Papierservietten und die zwei ruppigen Hälften einer auseinandergebrochenen Zigarre.

Beide Männer hatten Gläser mit einer wasserklaren Flüssigkeit vor sich stehen.

Der dicke Früchtehändler betrachtete mit zärtlicher Nachsicht seinen mit Asche bestäubten Bauch und verbot sodann dem Kellner, den Tisch zu reinigen. Der Kellner sollte die drohende, weiße Serviette in seinen Händen fortwerfen. »Weiße Servietten fort, Prost.« Der Kellner versteckte kluger Einsicht voll das weiße Gewebe hinter seinem Rücken. Hier konnte es nicht mehr dienen. Der Tisch war reif für das bodenständige Tuch einer Scheuerfrau.

»Alles fortwerfen«, sagte der Früchtehändler und sprach dann von Obst. »Obst ist das Gesündste, was es gibt, – ein Mensch, der nicht Obst ißt, ist verdammt, er begeht Sünde am Gesundheitswesen, es handelte sich um die Vitamine, nicht wahr, Herr Doktor?«

Karl sagte: »Ja.«

»Auch das Obst soll man fortwerfen«, sagte der Früchtehändler. Der Kellner stellte sich schützend mit dem Rücken vor eine Früchteschale, die auf dem Nebentisch stand.

»Sie müssen nicht schlecht von mir denken«, sagte der Dicke zu Karl, »ich handle nur mit Obst, aber ich esse es nicht. Sie sind mein Freund, ich gebe Ihnen mein Ehrenwort, daß ich kein Obst esse.«

»Ich glaube Ihnen«, sagte Karl, »ich esse auch keins.« Sie gaben sich die Hand.

»Zahlen will ich«, rief der Früchtemann. »Sie haben schon alles gezahlt«, sagte der Kellner und lächelte mit etwas tückischer Nachsicht zu einem Tisch hin, an dem ein ergrautes Ehepaar saß. Sie las in einer Zeitung, er hielt eine Aktenmappe auf dem Schoß und streichelte das Leder, als wär's das Fell einer lebenden Katze.

Lenchen kam, und Karl stellte vor: »Mein Freund – meine Braut, die beste Frau der Welt.« Es schien, daß er Lenchens Namen vergessen hatte. Der Früchtehändler entfernte mühsam sein Hinterteil zentimeterbreit vom Stuhlsitz und bewegte dazu atmend den Bauch. Lenchen als erfahrene Trinkerbraut nahm die schwerfällige Bewegung als höfliche Verbeugung hin.

Der Früchtehändler bestellte gleichzeitig ein Glas Schnaps und ein Glas Portwein für Lenchen.

Lenchen trank und fühlte sich geborgen. Sie saß zum erstenmal in einem Speisewagen und fühlte sich weder beklommen noch fremd. Ein Tisch, an dem Karl saß, war immer gleich und eine Art Heimat. Als sie an den Abteilen der ersten Klasse vorbeiging, war sie in der Fremde gewesen.

Die blanke, blonde Dame in dem grünen Kostüm! In Paris würde sie tausend Mark nehmen von dem Geld und sich ein grünes Kostüm kaufen und ein grünes Hütchen und grüne Schuhe, Karl würde stolz auf sie sein. Er liebte es, wenn eine Frau elegant und damenhaft aussah. Vielleicht war grün zu auffallend? Vielleicht würde Karl sie in Dunkelblau mehr bewundern?

Karls äußere Erscheinung hatte etwas gelitten, er sah zerrauft aus und zerstört, seine Augen leuchteten froh und zuversichtlich. Er war nicht zu fürchten jetzt, er war nicht von Haß besessen, er hatte einen glücklichen Rausch. Bald würden seine Augen keine hübschen Sterne mehr sein, sondern eine glasige Masse, denn das Ende jedes Rausches ist ein kleiner Tod.

Sprechen konnte sie nicht mit ihm. Wie kann man mit einem sprechen, der hinter Mauern sitzt, fester und undurchlässiger als Mauern aus Stein?

Man soll die Trunkenen in ihrem Käfig lassen. Ihr Glück ist so kurz. Und wenn man sie befreit, macht man sie traurig oder böse.

Lenchen hielt Karls Hand und freute sich, daß er gut war und zufrieden und ohne Eifersucht.

»Schöne Frau«, sagte der Früchtehändler, »schöne Frau.« Er bestellte zu trinken und wollte zahlen.

»Sie haben bereits gezahlt«, sagte der Kellner.

»Wollen Sie Ihr Geld denn zum Fenster rausschmeißen?« fragte Lenchen.

»Alles zum Fenster rausschmeißen«, jubelte der Früchtehändler, »alles – mein Gott.« Er stöhnte, sein Gesicht wurde schlaff und grau. Der Mantel der Trunkenheit fiel von ihm ab, nackt, nüchtern und frierend saß er da. »Mein Gott, ich hab's getan, ich hab sie aus dem Fenster geworfen, mein Leben ist zerstört, die Perkel ist dran schuld. Meine liebe Frau, meine Kinder …«

»Kaffee«, rief Karl, »Sie werden jetzt einen Kaffee trinken.«

»Es nützt nichts, Herr Doktor, ich habe es getan.«

»Ihnen als Arzt kann ich ja erzählen«, sagte er zu Karl. Karl nickte, und der Früchtehändler erzählte, leise, fast flüsternd.

Die Perkel war schuld. Sie war ein älteres Mädchen, dürr und tüchtig. Sie leitete ein Möbelgeschäft in Köln und war von Jugend her mit der Frau Früchtehändler bekannt. Die beiden Frauen hatten sich lange Zeit nicht gesehen, und als sie sich vor einem halben Jahr wiedersahen, sprachen sie viel über Männer und Ehe. Für die Frau des Früchtehändlers gab es keine Männer und Ehen, es gab nur ihren Mann und ihre Ehe. Was sie nichts anging, interessierte sie nicht. Fräulein Perkel interessierte alles, was sie nichts anging.

Fräulein Perkel verbrachte viele Abende bei Früchtehändlers. Dem Früchtehändler war es recht. Seine Frau hatte Gesellschaft, er ging in die Wirtschaft nebenan, spielte Skat, trank kölsch Bier und Wacholder.

Fräulein Perkel las die Unfallschronik der Tageszeitungen und Romane und hielt sich für eine Menschenkennerin. Sie gebrauchte das Wort Menschenkenntnis mit der ihm gebührenden, geheimnisvollen Vorsicht nicht zu oft und nicht zu selten. Frau Früchtehändler erlag dem Wort. Sie war dick und empfindsam. Fräulein Perkel gebrauchte auch das Wort Ehekrise.

Stärker noch als der Trieb zu kuppeln, ist bei Frauen der Drang zu entkuppeln. So wie es einem Trinker kaum möglich ist, tagelang eine Flasche Cognac vor sich stehen zu sehen, ohne sie anzurühren, so ist es brachliegenden Frauen nicht möglich, eine annähernd friedliche Ehe in Ruhe zu lassen.

Zwar vermochte Fräulein Perkel nicht, die Ehe des Früchtehändlers grundlegend zu erschüttern, aber es gelang ihr doch unter selbstlosen Opfern von Zeit und Mühe, die

Frau Früchtehändler mit dem Wort Ehekrise nachhaltig zu beunruhigen.

Hätte der Früchtehändler zufällig einmal unternommen, sich das Paradies vorzustellen – er hätte es sich vorgestellt als kölsche Kneipe in Abendstimmung, eine Mischung aus Rauchwolken, Skatkarten, Biergläsern, nackten Holztischen, trübem Lampenlicht, rauhem Männergelache. Eine Berliner Kneipe kannte er nicht, hatte auch nicht das Bedürfnis, eine kennenzulernen. Auch nicht, als ihn vor drei Tagen eine in Berlin verheiratete Stiefschwester zur silbernen Hochzeit einlud.

Aber – nichts Besseres gäbe es im Falle einer Ehekrise, hatte Fräulein Perkel der Früchtehändlerin erklärt, als eine kurze Trennung der Ehegatten, einen kleinen Eheurlaub. Beide Frauen drängten den Dicken, nach Berlin zu fahren. Es wurde ihm gesagt, er müsse mal raus aus allem.

Der Früchtehändler sah ein, daß er jahrelang nichts vom Leben gehabt hatte. Drei seiner Stammtischgenossen waren gerad jetzt für acht Tage zur Weltausstellung nach Paris gefahren. Der Früchtehändler litt unter ihrer Abwesenheit und fürchtete im voraus ihre Rückkunft. Die Erinnerung an gemeinsame heitere oder unheitere Erlebnisse würde sie zu einer Gemeinsamkeit verbinden, aus der er, der Zurückgebliebene, ausgeschlossen sein würde.

Fräulein Perkel bestimmte, daß der Früchtehändler für drei Tage zur Silberhochzeit nach Berlin fahren solle und sodann noch für drei Tage nach Paris. Die zwar einfältige, aber gesund denkende Ehefrau war der Überzeugung, man müsse einen alternden Mann hüten mit strenger Güte und milder

Gewalt wie halbwüchsige Kinder. Fräulein Perkel sprach sich gegen diese Überzeugung aus. Sie erntete von dem Früchtehändler Beifall für ihre kluge Gesinnung. Das freute sie zwar, aber erregte sie nicht. Sie bedurfte keines Lobes, ihren Wert kannte sie selbst, sie dachte und handelte vollkommen uneigennützig.

Der Früchtehändler fuhr nach Berlin. Ausgerüstet mit einem kleinen und sorgsam gepackten Koffer und einer silbernen Suppenkelle, die seine Frau in die Ehe eingebracht hatte und die nunmehr dem Silberpaar als würdige Gabe dargebracht werden sollte.

Menschen reisten von Köln nach Leipzig. Menschen reisten nach Wien, nach Budapest, nach Rußland. Menschen reisten in die Schweiz und nach Australien und wieder zurück. Menschen flogen nach Amerika. Das war so alltäglich, daß man's noch nicht mal mehr täglich in der Zeitung las.

Was war schon eine Reise nach Amerika, eine Fahrt in den Urwald? Etwas ganz Belangloses, Selbstverständliches. Plötzlich fiel dem Früchtehändler ein, daß dies seine erste Fahrt war, die länger als drei Stunden dauerte. Das verwirrte ihn.

Nach einer Stunde bereits bekam er glühendes Heimweh. Er ging in den Speisewagen.

Betrunken erschien er bei dem Silberpaar, das ihn nachsichtig hinnahm in Anbetracht des festlichen Ausnahmezustands.

Er wurde nicht mehr nüchtern. Von Berlin lernte er den Zoologischen Garten oder vielmehr das Restaurant dort kennen.

Seine Erinnerung an die Berliner Tage war lückenhaft, nur nebelhaft entsann er sich einiger Menschen, Begebenheiten; aber nun war ihm der gestrige Abend eingefallen.

»Mein Gott, mein Gott«, der dicke Mann stöhnte, seine Augen blickten verzweifelt.

Auf der Tauentzienstraße hatte ein Mädchen hartnäckig darauf bestanden, ihn mitzunehmen. Weniger aus Lust denn aus mangelnder Widerstandskraft war er mitgegangen. Er entsann sich dunkel, irgendwo auf einem Bettrand gesessen und Brechreiz gehabt zu haben.

Das Mädchen wollte Geld von ihm, er gab ihr Geld. Sie erinnerte ihn an Fräulein Perkel und war ihm zuwider. Er wollte gehen, aber sie hielt ihn zurück. Sie wollte wieder Geld, und er gab ihr welches. Wahrscheinlich war es nicht genug, sie begann laut und kreischend zu sprechen. Der Früchtehändler fühlte sich glühend heiß werden vor Zorn. Er wollte ihr noch mehr Geld geben, sie sollte ihn raus lassen, er wollte sie schlagen – so ein armes Luder – aber er hatte sich noch nie an einer Frau vergriffen. Ja, und dann hatte er sie genommen und aus dem Fenster geworfen. Und ruhig das Haus verlassen.

Er muß dann noch in irgendeiner Wirtschaft gewesen sein. Genau erinnert er sich nicht mehr, auch nicht, wie er in sein Hotel gekommen ist. Heute mittag wachte er auf mit dem wirren und drückenden Gefühl, daß irgend etwas Böses geschehen war. Wahrscheinlich hatte er einen ekligen Traum gehabt, er hatte oft eklige Träume. Und er schätzte den Morgen, der ihm die Erinnerung an den nächtlichen Traum bescherte. Seine Träume schienen ihm absonderlich und bedeutungsvoll, und er liebte es von ihnen zu erzählen, wie er seine Frontsoldatenerlebnisse im Weltkrieg zu erzählen liebte.

Leider gelingt es nur selten, die Erinnerung an die Wirrnisse des Schlafes in die Helle des Erwachens zu retten. Heute morgen mühte er sich auch nicht sonderlich um die Erinnerung. Der Kopf tat ihm weh, mit einigen Glas Bier frischte er sich leidlich auf. Am Nachmittag fuhr sein Zug, er wurde heiter und glücklich, bald würde er wieder zu Hause sein. Er war entschlossen, in Köln auszusteigen und auf den Abstecher nach Paris zu verzichten.

Vor der Abreise war er noch vollauf damit beschäftigt, Geschenke für seine Frau und Kinder einzukaufen.

Und nun war ihm das Entsetzliche eingefallen, deutlich sah er Bilder – das magere Gesicht des Straßenmädchens, ihren roten, verwischten Mund.

Sein Leben war zerstört, die Polizei würde ihn finden, die Polizei kommt allen auf die Spur.

»Herr Doktor – um Gottes Willen, Sie verraten mich doch nicht? Herr Doktor, verlassen Sie mich nicht, helfen Sie mir.« Der Mann umklammerte Karls Hand.

Karl beruhigte ihn, Lenchen gab ihr Ehrenwort zu schweigen. Fast fühlte sie Erleichterung, daß da ein anderer mit Ängsten saß, die schwerer waren als ihre. Auch Karl schien dieser Fall eine willkommene Ablenkung zu sein. Auch fand er den dicken Mann, der ihn jetzt so eine Art Lieber Gott spielen ließ, sympathisch und würdig des Beistands. Und daß der Mann ein Opfer alkoholischer Ausschweifung geworden war, weckte in Karl Gefühle der Solidarität.

Er nahm sich des Gebrochenen mit Eifer und Würde an.

Daß man ihn finden würde, war nicht sicher, aber möglich. Der Dicke nickte, ließ eine große, runde Träne über seine linke Backe rollen und trank, gehorsam Karls Befehl, einen doppelten Boonekamp. »Wir müssen jetzt überlegen und dürfen nicht die Nerven verlieren.«

Die Folgen könnten peinlich sein, meinte Karl, es könnte auf Totschlag plädiert werden, mildernde Umstände allerdings dürften ihm gewiß sein. Karl wollte seinen Freund gleichzeitig trösten und nicht übermütig werden lassen.

»Aber aus welcher Etage haben Sie denn das Mädchen geworfen?« fragte Lenchen, »vielleicht war es nur ein Parterrefenster, und vielleicht war ein Vorgarten vorm Fenster mit weicher Erde?«

Die Frage belebte den dicken Mann. Vielleicht war überhaupt nichts geschehen?

Karl lobte Lenchen für ihre intelligente Erwägung, die ihn auf eine noch intelligentere Erwägung brachte. »Vielleicht haben Sie alles nur geträumt?«

Auch das war möglich. Der Mann schnaufte, als verrichte er schwere körperliche Arbeit, er dachte nach. Seine Erinnerung wurde dadurch nicht klarer. Aus welcher Etage hatte er das Mädchen geworfen? War er Treppen gestiegen? Mal schien's ihm so, mal schien's ihm nicht so. Hatte er wirklich nur geträumt?

Ein gesunder Mensch neigt in derartigen Zweifelsfällen dazu, sich für die angenehmere Möglichkeit zu entscheiden. Doch obwohl der dicke Mann beschloß, sich für ein Traumerlebnis zu entscheiden, quälten ihn weiter Ängste und Zweifel.

»Wir werden in Hannover alle Berliner Zeitungen kaufen, vielleicht steht was drin«, sagte Karl.

Der dicke Mann lächelte dankbar. Dieser neue Freund dachte für ihn, handelte für ihn, nahm ihm die Verantwortung ab. Der Früchtehändler fühlte sich geborgen, beinah sorglos, begann unwillkürlich einen Karnevalsschlager zu summen, den er plötzlich erschrocken abbrach. Denn Übermut rächt sich, Übermut tut selten gut. Aber beinahe war ja alles gut.

Man fühlte Mitleid mit dem Früchtehändler, man gedachte mit Teilnahme der Frau Früchtehändler und ihrer Kinder, falls die Tat doch Tat war, an das aus dem Fenster geworfene Mädchen dachte niemand. Hätte der Früchtehändler auf einer Herrentoilette ein Waschbekken zertrümmert oder bei seinen Verwandten einen Teppich verbrannt – man hätte vielleicht auch ein wenig Bedauern für das Zerstörte aufgebracht.

Lenchen eilte durch die Gänge, so schnell es ging. Sie hatte plötzlich Angst um Tante Camilla bekommen. Karl und der Früchtehändler hatten versprochen, ihr bald ins Coupé nachzufolgen.

Jetzt, wo sie allein war, begann die Erzählung des Früchtehändlers ihr Furcht zu machen. Ihr schien sicher, daß er nicht geträumt hatte.

Der Zug nahm eine Kurve, Lenchen flog mit der Stirn gegen ein Fenster. Sie erschrak. Neben ihr stand blank und blond die Dame in dem grünen Kostüm aus der ersten Klasse. Sie sah nicht aus wie eine, die man aus dem Fenster werfen würde.

Plötzlich schien Lenchen sicher, daß es ihr bestimmt war, in Paris aus dem Fenster geworfen zu werden. Aber sie hatte doch ein neues Leben begonnen.

Lenchen kam nicht dazu, über ihre trübe, schicksalhafte Bestimmung weiter nachzudenken, sie sah Tante Camilla.

Tante Camilla stand vor einer Zugtüre neben der Toilette und hielt ihre Hand aus dem geöffneten Fenster. Der Zug fuhr neben einer Landstraße, Kinder auf einem Bauernwagen winkten, ein Radfahrer winkte mit einem bunten Tuch – Tante Camilla winkte fröhlich mit einem Tausendmarkschein zurück.

»Er soll trocknen«, sagte sie und drehte sich Lenchen zu und hielt den Arm weiter aus dem Fenster.

Hinter Tante Camilla stand der junge Mann. »Ich habe auf Ihre Tante aufgepaßt«, sagte er zu Lenchen, »sie ging zur Toilette und blieb so lange fort, daß ich unruhig wurde.«

Lenchen hatte das Gefühl, statt Gehirn Haferschleim im Kopfe zu haben. Soweit sie noch imstande war, etwas zu wünschen, wünschte sie in der Toilette zu verschwinden und bei abgeriegelter Tür den Rest ihres Lebens dort zu verbringen.

»Sie will nicht ins Coupé«, sagte der junge Mann zu Lenchen, »wenn Ihr Bekannter kommen würde? Vielleicht kann er?«

Das hatte noch gefehlt! Lenchen kam zu sich. »Steck das

Geld ein, Tante«, flehte sie, »es fliegt dir fort, Tante – wo ist das andere Geld, hast du noch mehr, gib es mir.

Hör mich doch, Tante Camilla! Wenn der Schaffner kommt, nimmt er das Geld fort, er darf es nicht sehen.«

»Nicht sehen«, murmelte Tante Camilla, sie zog den Arm aus dem Fenster und wandte sich Lenchen und dem jungen Mann zu.

Sie öffnete die linke Hand – acht feuchte kleine Würfel lagen darin. Lenchen atmete auf, das Geld war noch da.

»Viel Geld«, sagte der junge Mann. Lenchen erschrak. Wer war dieser junge Mann? War er von der Polizei?

Würde er sie verraten? »Du darfst keinem Menschen trauen«, hatte Karl gesagt. Aber der junge Mann reiste mit einem Heckenrosenstrauß und hatte kleine Äpfel verteilt – man brauchte keine Angst vor ihm haben.

»Ich hatte die neun Tausendmarkscheine zu kleinen Würfeln gefaltet, in die Thermosflasche gesteckt und Kaffee drauf gegossen, und vor Abfahrt des Zuges habe ich sie in Tante Camillas Panzer gestopft«, sagte Lenchen, um ihr Vertrauen zu beweisen.

»Gib mir das Geld, Tante!«

Tante Camilla lächelte abweisend und ein wenig mitleidig. Sie hielt sich den entfalteten Tausendmarkschein vor den Mund und blies ihn an.

Der ältere Herr aus dem Coupé kam. Anscheinend wollte er auf die Toilette. Er stutzte, als er die Gruppe erblickte und ging weiter.

Tante Camilla begann plötzlich in rasender Eile zu sprechen. Sie sprach zu dem jungen Mann, Lenchen schien ihr nicht vorhanden. Die Worte schnurrten aus ihrem Mund: »Geboren – auf dem Klosett. Alles selbstgeborenes Geld, noch feucht. Auch die Sonnenanbeter, auch die Zwerge. Verstehen Sie, es geht um die Erbschaft. Die Unterwelt weiß das, das Wappen mit der Schlange kommt überall vor. Ungeheure Grausamkeiten, Herr Doktor, auch unter den Affenmenschen …«

Die Tante wurde immer erregter, Lenchen begann zu weinen.

»Auch der starre Blick und die Hypnose in Symphoniekonzerten, in der Philharmonie strich ein Mann über seinen Bauch, Sie verstehen?«

»Ja«, sagte der junge Mann, »ich verstehe. Sie müssen sofort das Geld wieder zu sich stecken, niemand darf das Geld sehen, die Unterwelt nimmt es sonst fort.«

Tante Camilla wandte sich ab, Lenchen sah, daß sie die Würfel und den entfalteten Schein unter ihrem Panzer barg.

Der ältere Herr ging vorbei und zurück in sein Coupé.

Immer erregter wurde Tante Camilla, ihr Blick wurde gequälter, ihre Stimme gehetzter. »Ducken, ducken hinter Koffern, in Kissingen auf der Promenade, der Irrenwärter, vollkommen unsittlich, und ich spiele Liszt, auch die Museen sind nicht verschlossen …«

Der junge Mann hatte sich zwischen Tante Camilla und die Ausgangstür geschoben, sein Haar wehte. »Weinen Sie nicht«, sagte er zu Lenchen, »halten Sie Ihre Tante nicht fest.«

Lenchen hörte ihr eigenes Schluchzen, das Ruck-Ruck der Räder, Tante Camillas schnurrende Stimme – und ein rauhes Männerlachen, das näherkam – »Karl!«

Karl erschien mit seinem Gefolge, dem Früchtehändler. Weinend sank Lenchen Karl an die Brust – »es ist schrecklich Karl – Tante Camilla – ist sie verrückt? Tu doch was, Karl.«

Karl tat was. Er stellte Lenchen in den Gang und befahl ihr dort stehen zu bleiben und ruhig zu sein. Er schob den Früchtehändler an Lenchen vorbei ins Abteil und befahl ihm, dort auf ihn zu warten.

Er verbeugte sich vor dem jungen Mann, nannte seinen Namen und dankte ihm für seine Mühe um die Kranke.

»Gnädiges Fräulein«, sagte er zu Tante Camilla, »möchten Sie etwas zu sich nehmen, vielleicht eine Tasse Kaffee?«

Sekundenlang bekamen Tante Camillas Augen wieder Blick. Sie machte spitze Lippen: »Vielleicht würde mir eine Tasse Kaffee gut tun.«

»Hab keine Angst, ich gebe ihr ein Schlafmittel in den Kaffee.« Karl strich Lenchen flüchtig übers Haar und führte Tante Camilla zum Speisewagen.

»Nichts kann Ihnen geschehen«, sagte der junge Mann. Er lehnte neben Lenchen am Gangfenster, manchmal berührte sein Arm ihre Schulter.

»Sie meinen das Geld?« Lenchen seufzte. »Das ist es jetzt nicht, das ist es auch – aber jetzt – verstehen Sie das mit meiner Tante? Bißchen verrückt war sie ja immer, aber jetzt war sie gar nicht mehr sie selbst.« Der junge Mann drückte Lenchens Hand, sie ließ sie ihm – es ist das Recht des Unglücklichen, sich trösten zu lassen.

»Glauben Sie wirklich, daß der Zug entgleist, oder warum haben Sie das vorhin gesagt?« fragte Lenchen.

»Aus Unfug«, sagte der junge Mann, er roch nach Kornfeld und Jasmin und sah unfertig, knabenhaft aus, »wirklich nur aus grobem Unfug, es tut mir leid. Mir fiel plötzlich ein, ob ich Angst haben würde, das zu sagen – und da habe ich's gesagt. Mir kann so wenig geschehen, ich hab mich frei gemacht, so weit man das kann. Ich habe beschlossen, keinen Ehrgeiz mehr zu haben – ich will nicht mehr vorwärtskommen im Leben und mich nicht mehr um Geld quälen.«

»Ach, ja Geld – ich würde mich ja auch nicht so drum quälen, ich ...«

»Natürlich war es Ihr Freund, der das mit den neuntausend Mark arrangiert hat – verzeihen Sie, aber ich finde, er hätte Sie nicht da hineinzerren dürfen.«

Lenchen widersprach, ohne zu überzeugen.

»Sie müßten viel fröhlicher sein«, sagte der junge Mann, »Sie sehen so verängstigt aus, so als ob Sie sich Ihr ganzes Leben lang ängstigten.« Lenchen schwieg und senkte den Kopf.

Natürlich war sie traurig, sie lebte dauernd in Furcht. Zitterte sie nicht jetzt schon wieder vor Angst, Karl könnte zurückkommen und sie hier mit dem jungen Mann stehen sehen? Er würde ihr Vorwürfe machen, sie verdächtigen. Ach Gott! Lenchen lächelte trübe. Karl müßte ahnen, wie wenig ihr der Sinn nach Liebelei stand. Und der junge Mann war so brav und hilfreich, der dachte nichts Böses. »Ich glaube, daß Sie Ihren Freund sehr lieb haben«, sagte der junge Mann.

»Ja«, rief Lenchen, »oh, ja.« Karl müßte dieses Gespräch hören.

Draußen war es jetzt ganz dunkel geworden, man sah Sterne, hier und da Lichter. Lenchen fand, daß ihr Beisammensein mit dem jungen Mann etwas Edles, Verklärtes hatte.

»Er ist auch gut«, sagte Lenchen, »sehr gut, ein wundervoller Mensch – nur, nur – ein bißchen heftig manchmal.« Lenchens Stimme klang kinderzart. Sie verschwieg edelmütig, daß Karl vor drei Tagen mit einer Blumenvase nach ihr geworfen hatte, vielmehr ein Blumenkrug war es gewesen, groß und schwer, und er war dicht an Lenchens Kopf vorbeigeflogen. Aus Angst vor Karl war sie aus dem Zimmer gelaufen und hatte eine Stunde in Dunkel und Kälte auf der Treppe gesessen. Lenchen schwieg, hatte aber das Gefühl, daß der junge Mann sie trotzdem verstand, und dafür konnte sie nichts.

»Sie haben eine hübsche Bluse an«, sagte der junge Mann, »weiß kleidet Sie gut, Sie sollten ein weißes Kleid tragen, die Sonne müßte scheinen, und Sie müßten lachen – vielleicht gehen wir in Paris einmal zusammen spazieren?«

»Vielleicht kaufe ich mir ein grünes Kostüm in Paris und einen kleinen grünen Hut – glauben Sie wirklich, daß mit dem Geld alles gutgehen wird? Ich war schon entschlossen, in Köln mit meiner Tante auszusteigen.«

»Es kann nichts geschehen, Ihnen und Ihrem Freund kann nichts geschehen. Und Ihrer Tante? Wenn man sie wirklich an der Grenze durchsuchen sollte und das Geld finden – ihr wird nichts geschehen, der blödeste Beamte sieht ja, daß sie – sieht ihren Zustand.«

»Aber man wird sie quälen und ängstigen?«

»Ach, ich glaube, daß es für sie genau so viel Qual und

Angst wäre, wenn sie untersucht würde, ohne Geld bei sich zu haben.«

Lenchen sah den jungen Mann an, sein rundes Gesicht schien ihr klar und männlich, sein Hals war dünn und gerade, sein Haar war weich und unordentlich verschnitten. Sekundenlang hatte Lenchen Lust, es anzufassen. »Sollen wir das Fenster öffnen?«

Lenchen fühlte sich von der blauen Kühle des späten Abends überströmt. Manchmal schoben Leute sich an ihr vorbei, sie merkte es kaum.

Der junge Mann trug einen Mantel aus grünlich grauem Covercoatstoff. Lenchen mochte solche Mäntel nicht. Sie liebte dunkelblaue und schwarze Männermäntel, sie liebte solche Mäntel mehr als die Männer in ihnen. Manchmal träumte sie von einer neblig-kalten Großstadtstraße, Abend war, Weihnachten war nahe – sie ging allein durch die feuchte, flimmernde Trübe des Abends. Das Herz tat ihr weh vor schmerzlich süßer Verlassenheit und Sehnsucht. »Warum weinst du«, fragte ein Mann und zog sie an sich. Er war groß, sie konnte sein Gesicht nicht erkennen. Wohl gab es sein Gesicht, und sie liebte es auch. Vorstellen konnte sie es sich nicht, es war hoch über ihr im Nebel. Ihr Gesicht lag unter der Schulter des Mannes auf dunkelblauem Mantelstoff – er roch nach Nebelfeuchte, nach Rauch und Leder. Und sie weinte und war sehr verliebt.

In einen wirklichen Mann war sie nie verliebt gewesen. Sie hatte gelernt, mit einem Mann zu schlafen ohne sich zu ekeln. Nur lieben und bewundern konnte sie einen Mann nicht mehr, der sich ausgezogen hatte. Er war dann so unnatürlich geworden, und sie mußte sich etwas für ihn schämen. Und etwas Grauen und Mitleid empfinden wie für ein Tier, dem man das Fell abgezogen hat.

»Werden Sie lange in Paris bleiben«, fragte Lenchen den jungen Mann, »und warum fahren Sie hin?«

»Ich war im Gefängnis«, sagte der junge Mann. Lenchen trat einen Schritt zur Seite.

»Ja, ich war im Gefängnis, drei Monate. Durch einen Zufall nur habe ich keine Bewährungsfrist bekommen, aber es war gut so. Ich mache Ihnen kein Geständnis damit – ich sage es Ihnen nur, weil ich kein Gepäck haben will. Jedes Verschweigen wiegt schwerer als der schwerste Koffer.«

»Ja«, sagte Lenchen.

»Darum fahre ich jetzt auch nach Paris, da habe ich einen Freund, seit Jahren lebt der mit seiner Frau dort. Ziemlich arm leben sie dort, aber immer noch reich genug, daß sie eine alte Matratze übrig haben, auf der ich schlafen kann. Bißchen Essen werden sie mir auch geben können. Mein Freund hat mir geschrieben, daß er mir helfen könnte, soviel zu verdienen, daß ich mir's Essen bald verdienen kann. Mehr brauche ich nicht, mir liegt nichts am Weiterkommen. Seit ich mich damit abgefunden habe, ist mir zum ersten Mal wohl in meinem Leben.

Ich brauch auch nicht viel zum Essen. Zu Haus waren wir immer fein, aber hungrig. Meine Schuhe halten noch eine Weile vor, ich habe sie selbst besohlt, ich kann das. Auch Knöpfe annähen. Mein Anzug ist schon recht schäbig. Vor Kälte wird er mich noch ein Jahr schützen, in besserer Gesellschaft konnt ich ihn schon vor einem Jahr nicht mehr tragen.

Mein halbes Leben habe ich mich damit gequält, anständig und standesgemäß auszusehen. Stellen Sie sich vor, daß ich beinahe täglich Stunden darüber nachdenken mußte.« Lenchen konnte es sich vorstellen.

»Warum waren Sie im Gefängnis? Haben Sie etwas – ich meine – also eine Freundin von mir hatte einen Bekannten, einen Schriftsteller, der auch – haben Sie etwas Politisches getan?«

»Keine Spur«, sagte der junge Mann, »ganz gemeiner Diebstahl. Es ist nett von Ihnen, daß Sie mir ein ehrenvolleres Delikt wünschen. – Ich habe eine Brillantnadel gestohlen. Regen Sie sich nicht auf, haben Sie keine Angst, ich tu's nicht wieder, es lohnt nicht.

Zu Haus waren wir vier Kinder, drei Schwestern habe ich. Unsere Wohnung in Berlin war häßlich und teuer. Die Dienstmädchen liefen fort, weil sie nicht genug zu essen bekamen. Wir Kinder bekamen noch weniger zu essen, liefen aber nicht fort. Meine müde, kleine Mutter nährte sich hauptsächlich von dem Bewußtsein, Frau Geheimrat zu sein. Mein Vater war streng. Ich sollte streng erzogen werden, viel lernen und es zu etwas bringen. Manchmal hab ich aus Angst gelernt, aus Lust nie. Als Kind hat man mich gefragt: Was willst du werden? Ich hab's nicht gewußt. Ich wußte es nie. Im Sommer verreisten wir, man mußte das tun. Diese Ferienreisen waren furchtbar. Wir mußten zweiter Klasse fahren, weil wir Geheimrats waren. Die Kosten gingen über unsere Verhältnisse und mußten auf andere Weise eingespart werden.

Meistens fuhren wir an die See und mieteten dort zwei

Zimmer. Meine Mutter kochte. Unseren halben Hausrat hatten wir mitgenommen. Da das Geld für Gepäckträger gespart werden mußte, hatte jeder von uns an jeder Hand einen Koffer schleppen müssen. Unsere Familie bestand aus sechs Personen und unser Gepäck aus zwölf Koffern. Die Koffer waren elend schwer. Meine ganzen Schulbücher mußte ich mitschleppen. Jetzt – wie heißen Sie eigentlich? Magdalene? Ein hübscher Name, aber ich würde Sie Lenchen nennen. Jetzt, Fräulein Lenchen, reise ich mit einem Pappkarton, einem ganz leichten Pappkarton.

Wie habe ich die Sommerferien gehaßt!

Morgens um sechs weckte mich mein Vater, weil ich die Schönheiten der Natur lernen sollte, und dann mußte ich baden, und dann mußte ich unter Aufsicht meines Vaters das Schulpensum des vergangenen Jahres repetieren. Am Nachmittag saßen meine Eltern im Strandkorb, und ich mußte mit meinen Schwestern eine Sandburg bauen.

Ich hatte Angst vor dem kalten Wasser und Ekel vor den stachligen Dünen.

Einmal habe ich am Strand heimlich Muscheln gesammelt.

Einmal hat meine Mutter für uns Kinder ein Pfund Birnen gekauft. Mein Vater durfte es nicht wissen. Es waren fünf Birnen, wir waren vier Kinder. Meine Mutter wollte die fünfte Birne nicht essen aus Liebe zu uns. Da haben wir uns um die fünfte Birne blutig geschlagen und gekratzt. Wir kämpften wie rasend alle gegen alle, einmal habe ich mich aus Versehen selbst ins Gesicht geschlagen. Meine kleine Mutter weinte, und die Birne war fort, wir hatten sie in den Sand getreten.

›Wo ist denn die Birne‹, rief meine Schwester Klärchen. Der Kampf war aus, wir suchten zusammen die Birne und fanden sie nicht.

Meine Mutter trocknete die Tränen, und mein Vater kam und fragte: ›Was ist los?‹

Meine Mutter sagte: ›Die Kinder suchen einen Apfel, ich habe einen Apfel gekauft, verzeih Heinrich, er war schon etwas faul – ich habe ihn für die Kinder im Sand versteckt.‹

›Es war kein Apfel, es waren Birnen‹, rief meine Schwester Emmi.

Dünn und klein stand meine Mutter vor meinem großen, schwarzen Vater. ›Warum lügst Du?‹ fragte er.

›Weil ich Angst habe‹, sagte meine Mutter.

Ich mußte das Abitur machen, dann hab ich ein paar Jahre an der technischen Hochschule studiert, und dann fand ich keine Stellung. Als Lehrling bei 'ner Tankstelle hätt ich unterkommen können, aber das durfte ich nicht – dafür hatte man mich nicht so viel lernen lassen. Sie werden mich blöde finden und sich wundern, daß ich nicht längst fortging und auf eigene Faust was unternahm. Ich verstehe das auch nicht.

Durch Vermittlung meines Vaters bekam ich dann die Aufforderung, mich bei einem Fabrikanten in Würzburg vorzustellen, in dessen Werk ich eintreten sollte.

Unbeschreibliche Aufregung zu Haus, mein Anzug wurde gewendet, ich bekam neue Schuhe, meine Schwestern weinten wie bei einem Begräbnis, weil sie zu meinen Gunsten auf einen neuen Wintermantel verzichten mußten.

Spät in der Nacht kam ich in Würzburg an. Ich wollte ein billiges, kleines Hotel suchen und geriet in ein ganz feines.

Der Portier brachte mich in ein wunderschönes Zimmer. Ich Trottel genierte mich, nach dem Preis zu fragen. Die ganze Nacht bin ich wach gelegen vor Angst, das Zimmer nicht bezahlen zu können.

Am nächsten Morgen um zehn meldete ich mich bei dem Fabrikanten, um elf stand ich schon wieder in meinem Zimmer und packte ein.

Ich muß keinen sehr guten Eindruck auf den Mann gemacht haben. Es war noch ein anderer Bewerber dagewesen, den er mir vorgezogen hatte. Zu allem war ich auch noch zu dämlich, um Vergütung der Reisespesen zu bitten.

Im Hotel fand ich dann im Nachttischkasten die Brillantnadel. Ich nahm sie.

Mein Geld reichte aus, das Zimmer und die Rückfahrt zu bezahlen. Trotzdem ging ich drei Häuser weiter zu einem Juwelier und verkaufte die Nadel. Erzählte eine einfältige Lügengeschichte und hinterließ meinen Namen und meine Adresse.

Ein paar Wochen später saß ich im Gefängnis. Gegen die letzte Zeit zu Hause war der Aufenthalt im Gefängnis eine Erholung.

Mein Vater war fast zusammengebrochen, er tat mir leid, war ja scheußlich für ihn, aber er tat wirklich ein bißchen übertrieben – so als hätt ich jahrzehntelang Greise und kleine Kinder umgebracht.

Meiner Mutter mußte überhaupt alles verheimlicht werden, weil sie sonst wahrscheinlich geisteskrank geworden wäre. Man erzählte ihr, daß ich verreist sei. Na, und nun bin ich's ja auch wirklich und kann ihr morgen schon Grüße schicken und schreiben, daß es mir gut geht.

Gestern bin ich entlassen worden, war gar nicht mehr zu Haus. Ein netter, junger Mann, den ich dort kennengelernt habe, der vor mir rausgekommen war, holte mich mit seiner Frau ab. Die Nacht über bin ich bei ihnen geblieben, dann haben sie mir den Pappkarton geliehen und mich vorhin zur Bahn gebracht mit einem Heckenrosenstrauß, die Äpfel sind auch von ihnen. Am Vormittag habe ich meinen Vater angerufen und in einer Konditorei getroffen. Er hat mir eine Tasse Kaffee bezahlt und das Reisegeld gegeben – die Hand nicht.«

»Entschuldigen Sie«, sagte Lenchen hastig, und verschwand im Abteil, sie hatte Karl und Tante Camilla durch den Gang kommen sehen.

Im Abteil erzählte die behäbige Frau außerordentlich rasch und lebhaft von ihren Träumen, der Früchtehändler saß müde und schlaff in sich zusammengesunken und hörte teilnahmslos zu. Fremde Träume interessierten ihn nicht, er träumte selbst.

Sobald Karl im Abteil erschien, wurde der Früchtehändler wieder wach und lebendig.

Die Abteilgenossen saßen wieder alle beisammen wie zu Beginn der Reise.

Tante Camilla schwieg und sah aus, als habe sie ihr Leben lang so geschwiegen.

Zwischen Karl und dem Früchtehändler herrschte eine stumme doch deutlich fühlbare glückliche Einigkeit wie zwischen Liebenden.

Die Träume, die die behäbige Frau erzählte, waren häßlich. Sie sprach zu allen vernehmlich, wandte sich jedoch hauptsächlich an Karl. Sie erzählte, daß ein Laib Brot in ihren Händen zu menschlichen Leichenteilen geworden war.

»Interessant«, sagte Karl, die Frau nickte stolz und glücklich und begann ein Brötchen zu essen.

Der junge Mann lächelte Lenchen zu, Lenchen sah ängstlich Karl an.

Der ältere Herr hustete kurz und grimmig.

Lenchen wurde plötzlich heiß vor Schreck. Dieser ältere Herr war vorhin vorbeigekommen, als Tante Camilla mit dem Gelde gewinkt und es dann in den Panzer gesteckt hatte. Was hatte der Alte gesehen? Vielleicht war er von der Polizei? Er sah nicht angenehm aus. Lenchen hätte gern mit dem jungen Mann gesprochen, er war der einzige, mit dem sie sprechen konnte.

Karl folgte Lenchen auf den Gang.

»Du benimmst dich wie eine Dirne.«

»Karl!«

»Ich sage, daß du dich dirnenhaft benimmst, eng umschlungen stehst du mit diesem üblen Burschen am Fenster.«

»Karl, wir haben nebeneinander gestanden, er hatte auf Tante Camilla aufgepaßt, was sollt ich denn tun?«

»Dich bei ihm bedanken und zurück ins Abteil gehen.«

»Ach, Karl, er ist so harmlos und nett und hilfsbereit, ich konnt nicht so unhöflich sein.«

»Ich habe mir die größte Mühe gegeben, einen anständigen, wahrhaften Menschen und eine Dame aus dir zu machen – es ist alles umsonst, ich gebe es auf!«

»Karl, wenn du wüßtest, was wir gesprochen haben! Er bewunderte dich so, und ich habe ihm gleich gesagt, daß ich dich liebe.«

»Wieso hattest du nötig, das zu sagen? Wieso bist du mit dem Mann nach fünf Minuten so vertraut? Lüg mich doch nicht an –«

»Karl, ich schwöre dir, es ist wahr, es ist wahr, wir haben weit auseinander gestanden, und ich habe gesagt, daß ich dich liebe –«

»Schrei nicht so. Gib mir die Thermosflasche, ich will kein Opfer von dir. Du kannst aussteigen oder mit deinem neuen Freund weiterfahren. Eine Frau, die sich mit jedem Schmutzkerl einläßt – ich kann so nicht weiterleben, mein Leben muß anständig und klar sein.«

»Karl, Karl – wenn du wüßtest, er hat mir doch nur erzählt, daß er im Gefängnis war, da konnt ich doch nicht so sein – er hat so Schweres durchgemacht –«

»Also ein ganz übler Bursche, du siehst, daß meine Menschenkenntnis mich nicht trügt. Nimm noch eine Lehre mit auf den Weg, Lenchen, wenn sich unsere Wege jetzt trennen, vielleicht findest du nie mehr einen Menschen, der –«

»Karl!«

»Weine nicht, vielleicht ist es besser so, vielleicht bin ich nicht der richtige Mann für dich –«

»Karl, sprich nicht so, ich spring aus dem Zug – ich halt es nicht aus, Karl – sei wieder gut, bitte sei wieder gut –«

»Ach, Lenchen.«

»Karl, ich kann doch nicht leben ohne dich.«

Der Zug fuhr langsamer, auf den Gängen wurde es lebendig.

Der Früchtehändler schob seinen dicken, pelzigen Kopf aus der Abteiltür. »Hannover«, rief er – »Herr Doktor, wo sind Sie, wir sind in Hannover!«

»Ich muß aussteigen, Lenchen – Zeitungen kaufen –«

»Karl, willst du wirklich ohne mich sein?«

»Ich muß wohl, Lenchen.«

»Karl, sei noch einmal wieder gut, sag, daß du gut bist, sag ja, bitte, sag ja!«

»Ja.«

»Ach, Karl, du hast ja recht – mir fällt jetzt so manches ein, ich erzähle dir später – er ist wirklich ein übler Bursche.«

»Laß es dir endlich einmal eine Lehre sein, Lenchen – du hast ihm doch nicht etwa was von dem Geld erzählt?«

»Karl, daß du das von mir denken kannst, das geht zu weit.«

»Ist ja schon gut, Lenchen – weine nicht mehr, ich muß raus, der Zug hält nicht lange – soll ich dir eine Apfelsine mitbringen?«

Karl trabte mit dem Früchtehändler über den Bahnsteig. Lenchen lehnte am Fenster und sah ihnen nach.

»Hat er Ihnen eine Szene gemacht?« fragte der junge Mann neben ihr.

»Ja, furchtbar«, Lenchen versuchte ein nachträgliches, kleines Schluchzen.

»Ich bin selbst so glücklich, Sie sollten es auch sein, ich

möchte Ihnen gerne helfen. Verzeihen Sie, aber ich find's gemein, eine Frau wie Sie zu quälen.«

Lenchen seufzte, dann fiel ihr der ältere Herr ein. »Ob er was gesehen hat? Ob er gefährlich ist? Er spricht gar nicht, man müßt rauskriegen, was mit ihm los ist?«

Der junge Mann versprach, sich mit dem älteren Herrn zu beschäftigen. »Und in Paris werden wir zusammen spazieren gehen, nicht wahr, Fräulein Lenchen – so wunderschöne Straßen, Brücken und Parks soll's da geben. Haben Sie schon mal was vom Bois gelesen? Ich freu mich so drauf. Sie werden lachen und ein weißes Kleid tragen –«

»Aber ich habe ja gar kein weißes Kleid.«

Im Abteil begann der Früchtehändler wieder karnevalistische Munterkeit zu verbreiten. Bereits auf dem Bahnsteig hatte er mit Karl die Berliner Zeitungen durchblättert und keine Notiz über ein aus dem Fenster geworfenes Mädchen gefunden. Später würde Karl nach einem leeren Abteil suchen, wo sie noch einmal alle Zeitungen genau durchsehen und weiter beraten würden. Die ganze Sache schien dem Dicken jetzt nicht mehr als ein ungefährlicher, etwas aufregender und interessanter Schuljungenstreich.

Karl gab Lenchen eine Apfelsine, sie dankte gerührt, und Karl lächelte auch gerührt und liebevoll.

Der Früchtehändler versuchte, sämtlichen Mitreisenden Cognac aufzudrängen – er hatte auf dem Bahnsteig eine große Flasche gekauft. Der junge Mann trank nichts, der ältere Herr lehnte ab, die behäbige Frau trank viel und mit Behagen und wurde vom Früchtehändler großartig gefunden.

Eifrig doch vergeblich suchte der junge Mann ein Gespräch mit dem älteren Herrn zu beginnen.

Der behäbigen Frau gelang es, ihn in die allgemeine Gemütlichkeit einzubeziehen. Sie war ungeheuer munter geworden und erzählte urwüchsige und heitere Episoden ihres Ehelebens. Eine prächtige Frau, die kein leichtes Leben hinter sich hatte, die Mann und Kinder in Zucht und Ordnung hielt und niemals ihren goldenen Humor verlor. Dreiundfünfzig Jahre war sie alt, man sah's ihr nicht an. Sie hatte ihren Hut abgesetzt, ihr glänzend braunes Haar war in der Mitte gescheitelt – sie sah aus wie eine ältere resolute Krankenschwester.

»Unsere Coupémutter«, rief der Früchtehändler, und der ältere Herr lächelte ein dünnes, widerwilliges Lächeln. Lenchen sah es und atmete auf. Die Coupémutter ließ sich vom Früchtehändler einen Koffer aus dem Gepäcknetz heben. Er war gefüllt mit Butterbroten.

Der ältere Herr nahm auch ein Butterbrot und aß es.

Und dann trank er sogar einen Cognac, weil die Behäbige das so wollte.

Sie war so lustig, sie hatte so eine nette mütterliche Art, Essen und Trinken anzubieten. Bei aller Ausgelassenheit war sie fraulich und sanft. Sie zeigte die Puppen, die sie ihren kleinen Nichten mitbrachte. Es waren so niedliche Puppen in reizenden Kleidern, die hatte sie selbst genäht und bestickt. Auch die Männer fanden die Puppen niedlich.

Sie fuhr nach Köln zu ihrem Bruder, sieben Jahre lang hatte sie ihn nicht mehr gesehen, bis vor einem Jahr war's ihm schlecht gegangen. Der Früchtehändler versprach, sie zu besuchen mit seiner Frau, und sie versprach ihn zu besuchen.

»Ach, mein Bruder, der ist der beste Mensch von der Welt – was der uns alles zu Weihnachten schickt! Und für meine alten Eltern sorgt er ganz allein – wir anderen Geschwister konnten das früher zusammen kaum aufbringen. Ich gönn's ihm, daß er's zu was gebracht hat – früher haben sie in der Familie immer an ihm gezweifelt. Aber wer zuletzt lacht, lacht am besten, nicht wahr? Ich hab immer geglaubt, daß in dem Jungen was steckt, ich bin auch immer seine Lieblingsschwester gewesen, das vergißt er mir jetzt auch nicht. ›Berta‹, sagt er, ›wenn sie auch alle jetzt ankommen, du kommst für mich immer zuerst.‹«

»Ihr Herr Bruder hat ein Geschäft?« fragte der Früchtehändler mit der höflichen Teilnahme, die ein Bürger für Leute hat, denen's gutgeht.

»Nein«, sagte die Frau, und in ihrer Stimme schwang Stolz mit, »er ist Beamter, Nachrichter. Unter fünfhundert Bewerbern ist er ausgewählt worden.«

Sämtliche Mitreisenden hörten auf, die Butterbrote der Behäbigen weiter zu essen. Der ältere Herr ging auf den Gang und ließ sein Brot heimlich aus dem Fenster fallen.

Die Frau blieb fröhlich und plauderte weiter: »Er soll besonders geschickt sein, es ist auch in letzter Zeit viel zu tun. Außer seinem festen Gehalt wird er auch noch für jeden Fall extra bezahlt. Natürlich ist jede Begnadigung ein Verlust für ihn, aber wir haben Gott sei Dank eine starke Regierung, die fast nie begnadigt. Wissen Sie, ich bin der gutmütigste Mensch, den man sich denken kann – alle sagen mir das.

Meine Putzfrau hat mir mal siebzig Pfennig aus dem Portemonnaie gestohlen, glauben Sie, ich hätt sie angezeigt? Aber mit solchen Volksschädlingen und Devisenverbrechern und Volksverrätern kann ich kein Mitleid haben, für solches Gesindel ist mir keine Strafe hart genug.«

»Leg dich doch Tante«, murmelte Lenchen, »versuch etwas zu schlafen.« Lenchen lag auf der Bank, den Kopf auf ihre rote Handtasche gebettet, zugedeckt mit Karls Mantel. Ihr gegenüber saß Tante Camilla, starr und schwarz. Vorhin war sie plötzlich vornübergekippt.

Da hatte Karl ein leeres Abteil gesucht für Lenchen und die Tante, hatte dem Schaffner ein Trinkgeld gegeben. Nun konnten sie ausruhen.

Karl war, gerührt über seine Güte und Fürsorge, zu seinem Freund, dem Früchtehändler zurückgekehrt.

Die Tante hielt mit beiden Händen ein eckiges Blatt, eine Postkarte konnte es sein. Sie hielt das Blatt in Augenhöhe – starrte hinein, murmelte leise und unverständlich, vielleicht betete sie.

Lenchen fühlte sich fast zu müde um noch zu atmen. Sie glaubte zu zerfließen, zu Luft zu werden und zu einem Teil der Bank, auf der sie lag.

Die Lampe war abgedunkelt, die Vorhänge waren vor Tür und Fenster gezogen.

Es war angenehm so zu fahren, man müßte ewig fahren können. Jetzt, wo es dunkel war, schien alles gut.

In Köln würde sie aussteigen, aber sie war so müde. Und der junge Mann wollte in Paris mit ihr spazieren gehen.

In Köln würde der dicke Früchtehändler aussteigen, Karl würde dann allein sein. Er würde abwechselnd gut und böse mit ihr sein und furchtbar anstrengend. Wenn er böse war, mußte sie weinen und wenn er gut war, mußte sie auch weinen. Bruno Gottlob war ein guter Mann, er schenkte ihr Schmetterlingsflügel und war treu und quälte nicht. Sie würde ihm schreiben aus Paris – sie würde zu ihm nach Brasilien fahren, sie brauchte keine Angst mehr haben vor Paris.

Sie würde nie mehr nach Hause kommen. Lenchen begann zu weinen vor Heimweh im voraus. Der Garten mit den kleinen Treibhäusern! Es roch nach Frühling und Mist. Die Rheinberge, die Rheindampfer, jeden Sommer ein neues Kleid aus bunter Kunstseide. Man wurde schick gefunden und viel beneidet. Jetzt war man ein Dreck, nie würde man eine Dame sein im grünen Kostüm, die erster Klasse fuhr. Jetzt waren diese Abteile niedliche Zimmer mit kleinen, weißen Schneewittchenbetten.

Der junge Mann reiste mit einem Pappkarton, er hatte es häßlich gehabt zu Haus. Wir hatten nie Hunger, und Äpfel und Birnen konnten wir essen, soviel wie wir wollten. Wenn der Vater abends in die Küche zum Essen kam, war der Boden voll schwarzer Erdkrümel, meine Mutter kehrte sie fort, es roch nach Bratkartoffeln … Alfred Lieder ist in Düsseldorf, ich war zuletzt gar nicht nett zu ihm, er gibt sich so viel Mühe, vielleicht verdient er bald genug. Wenn ich ihn heirate, bin ich ganz nah von zu Haus …

Gleitend öffnete sich die Abteiltür. »Verzeihung.« Die Stimme klang leise und angenehm, Lenchen nahm sie in das

Träumen ihres Halbschlafs auf und antwortete nicht. »Verzeihung, schlafen Sie?«

»Nein«, sagte Lenchen und schlief.

Der Zug ruckte, hielt. Lenchen setzte sich, strich über ihr zerzaustes Haar, erkannte Tante Camilla, die stumm und aufrecht mit offenen blicklosen Augen ihr gegenüber saß. An der Tür stand schmal und gerade der ältere Herr. »Verzeihen Sie, ich wollte Sie nicht wekken.«

»Was wollen Sie?« fragte Lenchen, »wo sind wir?« Wollte er sie verhaften, hatte er sie angezeigt, konnte sie noch aussteigen?

»Ich wollte mit Ihnen sprechen«, sagte der ältere Herr. Seine Stimme klang sanft und zittrig.

Lenchen trat mit dem älteren Herrn auf den Gang, Licht stach ihr in die Augen – sie taumelte und hielt sich am Fenster.

Halb schlafend, halb träumend noch hörte sie den älteren Herrn sprechen. »Widrige Umstände, sehr widrige Umstände – zwingen mich – rein private Umstände übrigens – zwingen mich – also, ich fahre nach Versailles. Meine letzte Reserve – habe lange mit mir gekämpft, ob ich überhaupt, ob ich Sie – sah vorhin Ihre Frau Tante und das Geld, ganz unbeabsichtigt. Ihr kann nichts geschehen. Wenn Sie mein Geld dazutun könnten –! Ewig dankbar, verpflichtet – wenn doch Komplikationen, stehe selbstverständlich dafür ein – hier meine Visitenkarte und …«

Der ältere Herr schlug leicht die Hacken zusammen, und Lenchen entnahm seiner zitternden Hand ein kleines steifes Kärtchen und drei Geldscheine. Plötzlich war ihr ganz leicht und fröhlich zu Mut. Vor diesem Regierungsrat hatte sie sich stundenlang gefürchtet, und nun bat er sie um Hilfe. Sie fühlte sich befreit und etwas geschmeichelt.

Lenchen setzte sich neben die Tante, die Tante merkte es nicht. Starr und still saß sie und hielt in ihren Händen das rechteckige Blatt, ihre Augen und Hände schienen daran festgewachsen zu sein.

»Licht«, sagte Lenchen. Der ältere Herr kam ins Abteil und zupfte an der Lampe.

Eine matte Helle schwamm über Tante Camilla, die Karte in ihren Händen begann leicht zu zittern, – sie war das einzige, das an Tante Camilla Leben verriet.

Lenchen sah die Karte – es war eine der unanständigen Photographien des Früchtehändlers. Ein nackter Mann schlug eine nackte Frau, die dazu höflich und unbeteiligt lächelte wie eine Verkäuferin, die einem Kunden Seife einpackt oder wie ein Servierfräulein, das einem Gast Kuchen hinstellt.

Die Tante zuckte zusammen, als Lenchen ihr den Arm um die Schultern legte, die Karte entfiel ihren Händen. Lenchen hob sie auf und schob sie ihr zusammen mit dem Geld und der Visitenkarte des Regierungsrates in den Panzer. Ihr war traurig zumut: schließlich ist sie ja doch meine Tante und kein Papierkorb. Sie strich der Tante über das verfallene Gesicht: »Möchtest du jetzt nicht etwas schlafen?«

»Nein«, sagte die Tante und lächelte.

Der Zug fuhr wieder. »Welche Station war es?« fragte Lenchen den Regierungsrat. »Köln.«

Köln war vorbei. Köln, Rhein, Eltern, Alfred Lieder.

Konnte man nun noch aussteigen? »Ich möchte nach meinen Bekannten sehen, wollen Sie solange auf meine Tante achten?«

Gehorsam setzte der Regierungsrat sich der Tante gegenüber. Starr, schweigend und dunkel saßen beide. Dreihundert Mark hatte der ältere Herr zu bewachen, den Rest seines Vermögens.

Im alten Abteil fand Lenchen Karl und den Früchtehändler. Sie hatten rote Augen, graue, faltige Haut und verwühltes Haar und waren wie eingeschneit von einem Haufen aufgeblätterter Zeitungen. Karl würde also diesen unglücklichen Menschen nach Paris schleppen.

»Ich habe ihm ganz unverbindlich geraten, Lenchen«, sagte Karl, »auf keinen Fall auszusteigen.« Karl gehörte zu den Menschen, die durch Nichtbefolgen ihres freundlichen, unverbindlichen Ratschlages mehr erregt werden als ein alter Oberst durch Dienstverweigerung und Meuterei eines Regimentes. Einem Menschen, der seinem wohlgemeinten Rat entgegen statt mit einem Bleistift mit einem Füllfederhalter schrieb, konnte er trotz aller christlichen Erziehung in diesem Leben nicht mehr verzeihen.

Lenchen betrachtete den Früchtehändler, der matt dahindämmerte. Es schien ihr begreiflich, daß er nicht mehr die Kraft gehabt hatte, Karls Ungnade auf sich zu nehmen.

»Wie du dich anstrengst, Karl, du siehst müde aus.«

»Ja, ich bin etwas mitgenommen. Was macht die Tante? Du hast wenigstens geschlafen, ich habe noch kein Auge zugetan. Das Beste ist natürlich, wenn er jetzt für ein bis zwei

Tage nach Paris fährt, wir werden täglich die Zeitungen lesen – bis jetzt haben wir noch nichts gefunden.«

»Nichts gefunden«, lallte der Früchtehändler.

»Wir werden uns gleich etwas hinlegen, Herr Seiffert«, sagte Karl.

»Du sollst doch Cornelius zu mir sagen, Karl – ich heiße Cornelius, wir haben Brüdersch ...«

Wo war der junge Mann? Lenchen sah im Gepäcknetz den hellen Pappkarton und den ganz klein und welk gewordenen Heckenrosenstrauch. Gott sei Dank, er war nicht ausgestiegen.

»Hat der üble Bursche sich noch mal an dich rangemacht?«

»Welcher denn Karl? Ach so, du meinst – nein, ich dachte, er ist ausgestiegen – ich mein, er hätte gesagt, daß er nur bis Köln fahren wollte. Karl, er kommt mir wirklich verdächtig vor. Übrigens bin ich diesem älteren Herrn, diesem – Regierungsrat ist er – auf dem Flur begegnet – ich fand ihn ganz nett. Denke dir, er ist schon über siebzig und so fein und zurückhaltend, ich habe ein paar Worte mit ihm gesprochen, hoffentlich findest du es nicht undamenhaft, Karl?«

»Lenchen, es wird noch dahin kommen, daß du mich für eifersüchtig hältst. Setz dich mal neben mich. Du sollst dir doch nur deinen gesunden Sinn für menschliche Qualität bewahren und wissen, mit wem du sprechen kannst und mit wem nicht.«

»Karl, ich bin so glücklich, wenn du gut bist – jetzt könnt ich dir alles sagen.«

»Liebes Kind, ich möchte wissen, wann ich nicht gut war.«

»Werde doch nicht böse, Karl – du bist ja immer gut, ich wollt dir sagen, daß ich der Tante – die Tante – also, ich habe –«

»Du hast mir etwas verschwiegen?«

»Ja, Karl.«

»Also hatte ich doch recht. Vielleicht kannst du noch etwas gutmachen, wenn du die Wahrheit sagst.«

»Ich – Karl laß doch die Hand auf meinem Kopf, ich – gib mir bitte einen Cognac.«

»Danke. Wart einen Augenblick, laß mich doch austrinken. Karl, du bist wirklich ein Mensch, dem man alles sagen kann – also, ich habe diesen Regierungsrat gebeten auf Tante Camilla aufzupassen, solange ich hier bin – findest du es sehr schlimm.«

»Es gehört sich zwar nicht Lenchen, aber – mein Gott, du bist eben ein Kind.«

»Ist die Sau endgültig fort?« ertönte rauh und lallend die Stimme des Früchtehändlers, Cornelius Seiffert. Lenchen zitterte in Karls Armen. »Wen meint er?«

Der Früchtehändler hatte die Frage gehört. »Das Biest, meine ich Fräulein, das Biest, das Butterbrote verschenkt und alle hinmachen will. Wenn die Sau mit ihrem Bruder bei uns zu Haus ankommt, – wenn die das wagt – dann werf ich sie aus dem Fenster raus.«

»Sei doch ruhig, Cornelius, du hast doch schon eine aus dem Fenster geworfen.«

»Ja, aber die Falsche.«

Der dicke Mondgesichtige stand auf, er sah tierhaft plump und gefährlich aus. »Ich will jetzt überhaupt zurück nach Berlin, ich will dat ärm Luder dort finden, dat kann nix für die ganze Biesterei, aber die Sau hier – die anständige Sau, die Coupé-Sau, die hätt ich rauswerfen sollen. Meine lieben Freunde, ich habe einen schweren Fehler begangen. Fräulein, sind Sie mir bös? Karl, du bist mein Freund. Karl, daheim sagt man nicht Cornelius für mich, sondern Corneel – du mußt dat üben, Karl, du mußt als mein Freund meinen Namen natürlich aussprechen lernen.«

»Corneel, du sollst schlafen.«

»Ich will nicht schlafen, ich muß jetzt zurück nach Berlin.«

»Denken Sie an Ihre Frau –«

»Meine Frau kann mich – ich hab jetzt an andres zu denken.«

»Denk doch an deine Kinder Corneel.«

»Sag nicht Corneel, du kannst das doch nicht richtig Kölsch aussprechen. Ich pfeif auf die Kinder – lassen Sie mich in Ruh, Herr Doktor, ich weiß, daß ich das Mädchen rausgeworfen hab – ich hab nichts mit ihr gehabt, ich hab da ein paar Minuten auf dem Bettrand gesessen, wozu mußt ich sie tot machen?«

»Lieber Cornelius, du warst doch nicht bei dir.«

»Das ist ganz egal. Bevor ich nicht bei mir war, war ich bei mir. Ich bin kein Henker, Karl – ich will kein Henker sein, Karl schwör mir, daß das Mädchen nicht tot ist.«

»Ich schwöre es.«

Karl lag auf einer Bank und schlief. Der Mondgesichtige lag auf der Bank gegenüber und schlief. Beide hatten ein Schlafmittel genommen. Karl hatte es so gewollt. Lenchen stand zwischen beiden Bänken, Schnarchen umrauschte sie.

»Vor der Grenze werde ich dich wecken«, hatte Karl gesagt.

Auf dem Gang traf sie den jungen Mann, er sah glatt aus und roch nach frischer Luft.

»Was war eigentlich mit dieser Frau und ihrem Bruder«, fragte sie. »Was ist ein Nachrichter?«

»Ein Scharfrichter«, sagte der junge Mann.

»Was ist ein Scharfrichter?« fragte Lenchen.

»Er schneidet Menschen den Kopf ab.«

Lenchens Kopf fiel an die Schulter des jungen Mannes. Lenchen fürchtete sich vor der Welt und wollte nichts mehr sehen.

Steif und starr saßen Tante Camilla und der Regierungsrat einander gegenüber. »Hat es sehr lange gedauert?« fragte Lenchen.

Der Regierungsrat verließ das Abteil. Der junge Mann trat ein.

Lenchen fand, daß sie ohne diesen jungen Mann die Fahrt bis zur Grenze nicht überstehen würde. Karl hatte allen Grund, ihm dankbar zu sein.

Da sie zitterte vor Müdigkeit und Furcht, mußte er wieder den Arm um sie legen, und Lenchen erfuhr, daß er Albert hieß.

Als Kind hatte Lenchen sich manchmal vor ihrem Hund geniert, wenn er ihr beim Anziehen zusah oder beim Naschen in der Speisekammer. Vor Tante Camilla schämte sie sich nicht. Tante Camilla war so ganz ohne Blick, jenseits von Mensch und Tier.

Lenchen vergaß Geld und Grenze, sie begann, sich auf Paris zu freuen und schlief langsam ein.

Als sie aufwachte, hätte sie beinahe Albert gesagt, erkannte aber noch rechtzeitig Karl, der vor ihr stand. Er sah ernst und gefaßt aus. Mit männlicher Überlegenheit leitete er die Übersiedlung Lenchens und der Tante ins alte Abteil.

Blasses Morgenlicht schwamm ins Abteil.

Es sah unwohnlich aus – etwas wie eine Hafenschenke am Aschermittwochmorgen. Der Boden war bedeckt mit Zeitungen, Asche, Zigarrenstummeln, Orangenschalen, Bierflaschen, zerbrochenen Gläsern und zwei Kindertrompeten, die der Früchtehändler in Berlin für seine Familie gekauft – nachts über aber scheinbar in eigenen Gebrauch genommen hatte.

Das Abteil roch noch etwas schlimmer, als es aussah.

Lenchen hatte Lust aufzuräumen. So fuhr man doch nicht nach Frankreich. Welchen Eindruck mußten die Franzosen bekommen.

Der Früchtehändler wirkte beinahe malerisch vor Schmutz. Er sah theaterhaft aus – so als wolle er gleich im Gefangenenchor aus Fidelio auftreten.

Der ältere Herr wischte nervös an seinem Anzug herum.

Tante Camilla hielt den Kopf vorgestreckt, blickte gespannt zur Tür und bewegte unaufhörlich Lippen und Hände.

Der junge Mann lehnte den Kopf in die Ecke und hatte die

Augen geschlossen. Lenchen glaubte, nur von ihm geträumt zu haben.

Karl blickte mit etwas angestrengter Gleichgültigkeit aus dem Fenster in den bleichen Morgennebel.

Lenchen stellte die Thermosflasche auf das Klapptischchen, Kaffee war nicht mehr drin, hoffentlich würde Karl nichts merken. Sie fürchtete ihn mehr als die Devisenkontrolle. Der junge Mann schlief, es gab ihn gar nicht. Karl hatte sein Gesicht edel leidend und vornehm gelangweilt gemacht. So waren die Helden in Lenchens Schulbüchern in den Tod gegangen.

Lenchen fühlte sich sehr verlassen.

Man wartete. Der Zug stand so fest und ruhig, als wolle er nie mehr fahren.

»Devisenkontrolle – was haben Sie an Geld bei sich?«

Jetzt war es so weit, Lenchen sah einen Mann, dessen Stimme weder laut noch leise klang. Der Mann war weder jung noch alt, weder freundlich noch unfreundlich. Er war weißblond, seine Augen waren vollkommen ausgelaugt. Man konnte ihn nicht anlächeln und ihn nicht beschimpfen, nichts würde ihn erreichen.

Er zupfte an dem älteren Herrn herum und betastete ihn wie ein Schneider, der einen Anzug anmißt.

Der dicke Mondgesichtige fand die Untersuchung des älteren Herrn witzig, lachte und erklärte kitzlig zu sein.

Der Untersucher zeigte weder durch Schmunzeln noch durch einen abweisenden Blick Teilnahme. Lenchen fand ihn unmenschlich und sich bereits hingerichtet.

Kaum daß er sich von dem älteren Herrn abgewandt hatte, sprang Tante Camilla ihn an.

»Sehen Sie mir scharf ins Auge«, befahl Tante Camilla. »Haben Sie Devisen bei sich?« fragte der gleichgültige Strenge mit klangloser Stimme.

»Nur durch die Begattung mit Algen kann die Unterwelt ausgelöscht werden«, antwortete Tante Camilla. »Ich muß Sie darauf aufmerksam machen, daß meine Patente den Hauptwert des deutschen Volksvermögens darstellen. Sie sind von der Behörde und werden wissen, daß manche Elemente mir meine Erfindungen abjagen wollten, ich mache Sie darauf aufmerksam, Sie haben Ihre Pflichten zu erfüllen. Man stellte mir in Deutschland frei, meine Erfindungen anderen Ländern anzubieten, ich mache davon Gebrauch. Es handelt sich um die Erforschung des elektrischen Stratosphärenflugs, Sie verstehen das – die Magie des Betriebs zieht weitere Erbschaften nach sich, ich muß Sie dringend ersuchen von meinen Eröffnungen keinen unlauteren Gebrauch zu machen, ich bitte Sie hiermit um Ihren Schutz.«

»Ich bin nicht zuständig«, sagte der Beamte, »haben Sie Devisen bei sich?«

»Meine Devise ist die Menschheit«, antwortete Tante Camilla.

»Was ist das?« fragte der Beamte und hielt die Thermosflasche in der Hand.

»Kaffee.« Lenchens Stimme klang krächzend vor Aufregung.

»Kommen Sie bitte mit mir zur Leibesvisitation«, sagte der Beamte und steckte die Thermosflasche zu sich. Lenchen folgte ihm mit bebenden Knien. Jetzt war alles aus. Sie war überzeugt, das Geld bei sich zu haben.

Der Zug fuhr, die Grenze war vorbei, man war nicht mehr in Deutschland.

Lenchen saß in ihrer Ecke, gekämmt und gebürstet, gepudert und mit sauber gewaschenen Händen. Sie sah noch etwas blaß aus wie nach einer längeren Krankheit und erzählte zum fünften Mal, wie sie durchsucht worden war. »Gleich wirst du dich im Speisewagen etwas stärken, mir ist noch ganz übel – ich glaube, ich habe mehr ausgestanden als du, hättest du mir nur vorher gesagt ...«

Karl war außerordentlich munter, Lenchen hatte ihm erzählt, daß sie das Geld Tante Camilla in den Panzer getan hatte – er fand das genial. Auch von dem alten Herrn und seinen dreihundert Mark hatte sie erzählt, worauf die Beziehungen zwischen ihm und Karl beinahe freundschaftlich wurden.

Der Früchtehändler war etwas bedrückt. Er hatte sein ganzes Geld an der Grenze deponiert und sogar vergessen die rechtlichen zehn Mark mitzunehmen. Nun war er ohne einen Pfennig. Zwar hatten seine Kölner Freunde Geschäftsbeziehungen in Paris und würden ihm aushelfen können, aber nun hatte er das Hotel vergessen, in dem sie wohnten. In der Nacht hatte er es noch gewußt. Karls Freude an dem Früchtehändler war auch nicht mehr ganz so strahlend.

Tante Camilla wurde gehütet und verhätschelt wie ein kostbares Pekinesenhündchen. Man ging mit ihr in den Speisewagen, der junge Mann blieb allein zurück. Er störte, man konnte in seiner Gegenwart nicht ungeniert sprechen, er war ja der einzige, der nicht eingeweiht war. »Ein übler Bursche, vielleicht hat er dich sogar denunziert, Lenchen«, meinte Karl. »Schon möglich.«

Sie dachte etwas lieblos über Karl, er war so ruhig im Abteil sitzen geblieben, als man sie abführte.

Der junge Mann war ihr nachgelaufen und angstvoll auf dem Bahnsteig auf und abgerast – und als er sie dann wiederkommen sah, hatte sein Gesicht gestrahlt wie die aufgehende Sonne. »Ich werde mich frei machen, wenn ich diese ganze Geldgeschichte bis zu Ende erledigt habe, hab ich getan, was ich konnte – dann mach ich mich frei«, hatte Lenchen gesagt.

»Ach, ich habe mir immer gewünscht, eine Frau wie Sie – wie dich kennenzulernen – Lenchen – ist es nicht seltsam, daß unter diesen Umständen …«

Ja, die Vorfälle dieser Reise boten Stoff für viele, künftige, romantische Liebesgespräche. Lenchen überlegte, wie sie Karl am besten veranlassen könnte, vorerst allein nach Zürich zu fahren. Als sie sein strahlendes Gesicht sah und ihn sich ahnungslos im Basler Zug sitzend vorstellte, wurde sie traurig. Nein, sie würde ihn doch nie verlassen.

Der ältere Herr kaufte Keks und Schokolade für Tante Camilla und Lenchen, Karl strich Brötchen für Tante Camilla – huldvoll und nicht unfreundlich nahm sie alles entgegen. Der Früchtehändler litt, weil er gar nichts kaufen und bezahlen konnte. Karl tröstete ihn. »Noch ein paar Stunden, dann werden Sie Geld haben – vielmehr du wirst Geld haben, ich kann dir doch aushelfen, Corneel. Und jetzt wollen wir nach dem Kaffee mal ein Morgenschnäpschen trinken.«

Karl entwickelte feldherrlich seinen Plan. Man würde in Paris mit einem Taxi gemeinsam zu Lenchens Tante Bianca fahren und Tante Camilla dort abgeben, dort würde Lenchen das Geld von ihr bekommen.

»Ich bin so dankbar«, sagte der ältere Herr und bestellte für die letzten Francs, die ihm noch von den eingewechselten 10 Mark geblieben waren, drei Gläser Portwein für sich und die Damen. »Mal muß man ja auch leichtsinnig sein!« Er lächelte fast mädchenhaft und wurde rot. »Ich glaube, ich bin Ihnen eine Erklärung schuldig.«

Die Sonne schien, alles war so warm und gut und behaglich. Man hatte nicht sehr viel Lust, die Erklärungen des älteren Herrn zu hören, aber er schien viel Lust zu haben zu erzählen.

»Ich bin nämlich auf der Flucht – vor meiner Frau«, sagte der Regierungsrat und atmete schwer.

Und dann erzählte er ausführlich und gewissenhaft; es lag ihm daran, Gehör und Verständnis zu finden.

Seit vielen Jahren lebte der Regierungsrat in einem kleinen Häuschen in einem Vorort Berlins. Friedlich und eintönig lebte er zusammen mit seiner Schwester, die ihn und den Haushalt so still und musterhaft betreute, daß es ihm gar nicht auffiel. Kaum wußte er noch, ob die Schwester älter oder jünger war als er, ob sie hübsch oder häßlich, braun oder blond war. Er sprach mit ihr, ohne zu wissen, daß er mit ihr sprach – von ihren Gedanken wußte er so wenig wie von dem Muster der Vorhänge in ihrem Zimmer.

Sorgen hatten sie nicht. Die Schwester hatte eine kleine Rente. Er hatte ein mehr als auskömmliches Gehalt, außerdem ein wenig Vermögen, von dem ein Teil allerdings in der Inflation verlorengegangen war. Damals wäre er ein sehr fröhlicher und geselliger Mensch gewesen – ein Mann, der gerne mal einen Spaß mitmachte, in gebotenen Grenzen natürlich.

Vor fünf Jahren war er plötzlich pensioniert worden statt Oberregierungsrat zu werden. »Es handelte sich da um recht niederträchtige Machenschaften, meine Herren – ich wurde – wie soll ich's nennen? – ja, man kann wohl sagen, ich wurde verbittert. Wenn Sie die näheren Umstände kennen würden –«

»Sie wollten von Ihrer Frau erzählen«, sagte Karl.

Der Früchtehändler klopfte plötzlich mehrmals auf den Tisch und sah grimmig aus. »Jetzt fahren wir nach Paris, Herr Doktor«, sagte er mit harter rauher Stimme, »und Sie haben meine Karten-Serie aus dem Fenster geworfen – das ist unerhört, da hört die Gemütlichkeit bei mir auf.«

»Ach, reden Sie jetzt nicht so dummes Zeug«, erwiderte Karl ärgerlich. Zweifellos hatte die Freundschaft der beiden nicht mehr die frühere Wärme.

Der Früchtehändler schwieg verbissen. Es schien ihm kompromittierend und beinahe gefährlich, ohne die pornographische Karten-Serie in Paris aufzutreten. Er hatte diese Karten eigens erstanden, um sie nach Paris mitzunehmen – er hatte das Gefühl, daß man sich dort mit so etwas ausweisen, legitimieren müßte.

»Sie können tausend solcher Karten in Paris kaufen,

wenn Sie derartigen Gymnasiastendreck unbedingt zum Leben brauchen«, sagte Karl und war entschlossen, diesem Mann kein Geld zu leihen. Wieder einmal erntete er für seine Gutmütigkeit und Hilfsbereitschaft nichts als Undank.

Karl war ärgerlich und sehr gereizt. Es war ihm eingefallen, daß man ihm für die neuntausend Mark einen erbärmlich schlechten Francs-Kurs zahlen würde. Kaum konnte er sich noch freuen, das Geld über die Grenze gerettet zu haben. Er bestellte einen Marc de Bourgogne.

Der Früchtehändler bestellte auch einen Marc de Bourgogne. »Dasselbe«, sagte er zu dem Kellner – und als der ihn nicht gleich verstand, stippte er seinen dikken Zeigefinger in Karls Glas. Er wurde sehr traurig. Ihm kam zu Bewußtsein, daß er nicht französisch sprechen konnte. Wie sollte er da tausend unanständige Karten in Paris kaufen? Ach, Gott, noch nicht mal ein Glas Bier würde er sich bestellen können. Unwillkürlich rückte er näher an Karl heran. Der war doch sein Freund, sie hatten Brüderschaft getrunken. Karl sollte wieder gut mit ihm sein. Die Karten waren ja ganz gleichgültig. In Köln machte seine Frau jetzt den Laden auf, die Kinder gingen zur Schule, das Pützens Ännie aus der Pfaffstraße kam drei Pfund Kochäpfel kaufen. Sie hatte eine hübsche Brust und trug sie stolz wie auf einem Tablett vor sich her. Wenn man sie in die runde Backe kniff, lachte sie und summte Karnevalsschlager. Gegenüber ließ der Schmitzens Jupp die Rolladen von seinem Käsegeschäft hoch – »Allerseits guten Morgen«, rief man über die Straße – »hast als ausjeschlafen, du alte verstunkene Camembert?« Ach ja, das waren Zeiten – versunkene Zeiten. Vielleicht hatte er sie nur geträumt? Würde er jemals wieder in Köln sein? Er hatte kein Geld mehr, um zurückzufahren, er hatte ein Mädchen aus dem Fenster geworfen. Er war auf einer silbernen Hochzeit gewesen, er hatte Berlin gesehen. Er hatte geträumt, daß alle seine Zähne ausgefallen waren, und beim Aufwachen hatte er langsam und beglückt gemerkt, daß sie noch fest in seinem Kiefer steckten. Wann hatte er das geträumt? Gestern nacht? Heute nacht? Vor drei Jahren? Der Traum war schrecklich gewesen, aber jetzt war alles noch viel schrecklicher. Jetzt hatte er alles verloren – sein Obstgeschäft, sein Geld, seine Frau, sein Haus, seine Kinder, seine Straße, seine Freunde, seine Heimat, sein Ansehen. Er hatte nur noch Karl.

Der Früchtehändler drängte sich näher an Karl, das Glas in seiner Hand begann zu zittern, er hatte keine Kraft, es bis zum Mund zu heben und setzte es nieder. Wenn ich nun – mein Gott, wenn ich nun nicht geträumt habe, wenn ich das Mädchen wirklich aus dem Fenster geworfen habe dann – dann ist es ja auch möglich, daß ich schon viele Mädchen aus dem Fenster geworfen habe – ich –. Er konnte nicht weiter denken, seine Gedanken wurden zu Schleiern, die ihn heiß und dunkel umhüllten. Hart und dröhnend hörte er sein Herz hämmern und läuten – wie eine Dorfglocke bei Feuersbrunst.

Der Früchtehändler saß still, sein Gesicht war grau. Immer wilder läutete die Glocke, immer wilder umbrauste ihn ihr Schwingen und Tosen. Und er wußte genau, daß sein Herz die Glocke war und sein Leib die Kirche, die bersten und morsch zusammenfallen mußte, wenn die Glocke noch härter läuten würde, noch klingender – »Trommelfeuer«, sagte er leise zu Karl, um sich zu entschuldigen, denn er glaubte, die Schläge seines Herzens wären weithin hörbar. – »Trommelfeuer – ich war im Krieg –« Und er wußte nicht, ob man ihn gehört hatte, und er wußte nicht, ob er gesprochen hatte. Es wuchs der Klang der Glocke – »heilige Mutter Gottes«, betete der Früchtehändler so schnell, daß seine Lippen und seine Stimme keine Zeit hatten, Worte zu formen. Auch er hatte keine Zeit mehr, denn die wilde Glocke war nicht mehr in ihm – sie war riesenhaft groß geworden, umdeckte und umbaute ihn mit metallenem Hämmern. Die Glocke war nicht mehr in ihm – er war in ihr. Schwerer, kälter, dunkler wurde es im Innern der Glocke – kaum konnte der Früchtehändler noch atmen. »Heilige Mutter Gottes, laß mich leben, mach einmal noch alles gut – ich will wallfahrten nach Kevelaer zu Fuß und ohne Schuhe, ich will keinen Tropfen Alkohol mehr trinken und keine sündigen Gedanken mehr haben.«

»Na, was ist denn?« sagte Karl und klopfte dem Früchtehändler auf die Schulter. »Müde?«

Der Früchtehändler lächelte erschöpft und befreit.

»Also trinken wir noch mal dasselbe«, sagte Karl.

»Ja«, sagte der Früchtehändler, »du darfst mich nicht verlassen, Karl, ich bin jetzt beinah gestorben.«

Tante Camilla erhob sich und spähte durch die Scheiben und setzte sich wieder.

Lenchen fühlte ihr Gesicht in Sonne gebadet. Sie fühlte sich schön und leicht und weich – wie aus rosa Samt. Sie hatte Lust, daß auch ein anderer das fühlte, sie wäre gern angefaßt worden. Sie träumte, daß sie ein weißes Kleid trug und an einem Fluß stand. Jemand küßte sie auf den Nacken, sie konnte ihn nicht erkennen, aber Karl war es nicht.

Der Regierungsrat kämpfte mit sich. Er wäre gern auf die näheren Umstände, die zu seiner Pensionierung geführt hatten, eingegangen. Nach einigem Zögern verzichtete er darauf und fuhr in seiner Erzählung fort.

Nach der Pensionierung war der Regierungsrat einsiedlerisch und einsilbig geworden. Selbst seiner Schwester mußte das Leben mit ihm zuletzt zu ungesellig geworden sein.

Es war Silvester vor drei Jahren, als seine Schwester ihm sagte, daß sie für den Abend ein paar Bekannte eingeladen habe, unter ihnen einen alten Jugendfreund des Regierungsrates, mit dem sie sich im Laufe des Abends zu verloben gedenke. Wenn aus seiner Zigarre plötzlich eine Rose gewachsen wäre, hätte das den Regierungsrat nicht mehr verblüffen können als diese Nachricht.

Als erster kam an diesem Abend der zukünftige Verlobte der Schwester. Er sah etwas gelbsüchtig und gebrechlich aus und war von feierlichem Ernst. Der Regierungsrat wirkte neben ihm wie ein ausgelassener Lausbub.

Später brachte ein jüngerer Vetter des Regierungsrats eine fremde Dame mit, mit der Begründung, daß Silvester sei und daß die Dame in der gleichen Pension wohne wie er.

Die Dame hieß Helmi Kanister und war Opernsängerin.

Für den Namen Helmi war sie etwas zu rundlich und auch nicht mehr jung genug. Sie lachte viel und etwas zu glockenhaft, aber im Laufe des Abends fiel das nicht mehr sehr auf, weil da mitunter auch andere Gäste lachten. Dem Regierungsrat und seinem gelbsüchtigen Jugendfreund mißfiel sie sichtlich, was ihr die Sympathien der Schwester eintrug.

Fräulein Kanister half der Schwester in der Küche beim Bereiten des Punsches, obwohl daran nicht mehr zu bereiten war als kochendes Wasser auf einen schwärzlichen Extrakt zu gießen und abzuwarten, bis er sich löste. Die beiden Frauen warteten in mädchenhafter Eintracht und kamen dabei einander näher.

Später holte der Vetter aus seinem Mantel eine Flasche Rum und goß sie heimlich in den Punsch.

Die Gäste wurden heiter, sogar der zukünftige Bräutigam der Schwester sagte einmal: Prost.

Eine alte Dame sagte, daß sie vor ihrem Tod noch mal die Fledermaus hören möchte, ihr Mann erzählte eine Anekdote aus dem Siebenjährigen Krieg, und der Vetter ließ einen brennenden Stern durchs Zimmer schwirren, der sich auf eine handgestickte Decke niederließ und ein Loch hineinbrannte. Die Schwester sagte: »Das macht nichts«, und lächelte.

Um elf Uhr warteten alle auf zwölf Uhr, um Prosit Neujahr zu rufen.

Die Schwester wartete, daß um zwölf Uhr ihr zukünftiger Verlobter die Verlobung bekanntgeben und nicht mehr zukünftig sein werde.

Flelmi Kanister ging auf den Balkon, um aus einer Scherzpistole Neujahrsschüsse in die Nacht zu feuern. Der zukünftige Verlobte sagte: »ah Luft«, und ging auch hinaus. Die Schwester folgte ihm. Auch die andern Gäste folgten, teils um den Sternenhimmel zu sehen, teils um vom Balkon aus

Prosit Neujahr zu rufen, teils weil die andern auch auf dem Balkon waren.

Dicht zusammengedrängt standen sie alle, denn der Balkon war winzig. Er war eigentlich kein Balkon, sondern mehr ein angeklebtes Nest vor der ersten Etage des kleinen Häuschens.

Erregt und gespannt wartete man auf das Läuten der Neujahrsglocken. Man fühlte bereits ihr Schwingen. Helmi Kanister schoß, aber es war noch zu früh. Irgendwo öffnete sich ein Fenster und jemand rief: Fröhliche Weihnachten! Der alte Herr, der vorhin die Anekdote aus dem Siebenjährigen Krieg erzählt hatte, äußerte sich mißbilligend über den Mangel an militärischer Exaktheit bei Frauen. Und dann fiel beim ersten Klang der ersten Neujahrsglocke der Balkon ab.

Der Vetter, der allein im Zimmer geblieben war, um den Punsch auszutrinken, sah plötzlich keinen Balkon und keine Menschen mehr. Er hat später von seinen Empfindungen oft und eindrucksvoll erzählt. Zumal er sich von diesem Unglück am härtesten betroffen fühlte, denn er hatte irgendeinen seiner Verwandten oder Bekannten um Geld bitten wollen. Er hatte zu lange gezögert. Von Leuten, die mit einem Balkon in einen dunklen Vorgarten gefallen sind, kann man für die nächste Zeit keine gebefreudige Stimmung erwarten.

Nach seinen Erzählungen hatte der Vetter nach sekundenlanger Benommenheit das Unglück erfaßt und war in den Vorgarten geeilt.

»Was einem nicht alles passieren kann«, sagte der Früchtehändler freundlich, als der Regierungsrat schwieg, um sich mit einem blütenweißen Taschentuch die Stirn zu wischen. Die Erinnerung hatte ihn erregt, und die oberflächliche und beinahe fröhliche Teilnahme des Früchtehändlers verletzte ihn. »Zum Lachen war es nicht«, sagte er verweisend. »Nein«, sagte Lenchen, »das ist es bestimmt nicht.« Der Regierungsrat tat ihr schrecklich leid. Er sah so traurig, welk und hilflos aus, und er war mit einem Balkon in einen dunklen Vorgarten gefallen. Lenchen war bereit, ein weißes Kleid zu tragen und mit dem Regierungsrat in Paris spazieren zu gehen, und sie hätte ihm das gern gesagt. »Bald sind wir in Paris«, sagte sie.

Karl bestellte für den Regierungsrat einen Marc de Bourgogne, »trinken Sie«, sagte er. Er konnte seine Teilnahme einem Menschen nicht stärker beweisen, als daß er ihm das zu trinken gab, was er gerade selbst trank.

Der Regierungsrat trank.

Lenchen sah Karl an und flüsterte: ich liebe dich. Karl sah Lenchen an. Sie verstanden sich.

Tante Camilla bückte sich, und Lenchen sah, daß sie leise und langsam ihren schwarzen Rock hob. Lenchen sah ein mageres Bein, umschlottert von einem grauschwarzen Baumwollstrumpf. Über dem Knie leuchtete und blühte ein lilaseidenes Strumpfband mit einer kinderhandgroßen lilaseidenen Rosette. Tante Camilla zog einen Geldschein unter der Rosette hervor und ließ den schwarzen Rock wieder leise und langsam über die farbige Pracht ihrer Strumpfbänder gleiten.

Sie legte den Geldschein auf den Tisch und sagte: »Endlich zahlen.«

Karl nahm den Schein und sagte: »Wertlos, Inflationsgeld.«

»Notgeld«, sagte Tante Camilla ruhig und freundlich – »Notgeld, viel Geld.«

»Wenn das mit dem Balkon nicht geschehen wäre«, sagte der Regierungsrat.

Wenn das mit dem Balkon nicht geschehen wäre, hätte der Regierungsrat Helmi Kanister nicht geheiratet.

Die Leute, die mit dem Balkon in den Vorgarten fielen, waren entweder gar nicht oder nur leicht verletzt. Eine ältere Dame hatte eine leichte Gehirnerschütterung. Ein älterer Herr bekam Grippe, weil er zehn Minuten lang auf feuchter Erde gelegen hatte. Der zukünftige Verlobte verstauchte sich die linke Hand und wurde wirklich gelbsüchtig, vorher hatte er nur so ausgesehen.

Helmi Kanister hatte ein Bein gebrochen.

Der Regierungsrat zahlte für alle entstandenen Schäden, bis er kein Geld mehr hatte. Er verklagte den Erbauer des Hauses und des Balkons. Der Prozeß lief noch.

Der zukünftige Verlobte zog sich mit Gelbsucht und verstauchter Hand zurück und verlobte sich nicht. Er war kein Feuergeist, er war ein Mann von bescheidenem Temperament; der Absturz mit dem Balkon war imstande, sein ohnehin schwaches Sensationsbedürfnis bis zum Ende seines Lebens zu befriedigen. Wozu sollte er noch heiraten? Er schrieb der Schwester einen Brief, in dem er ihr mitteilte, daß er »Abstand nehme«.

Daraufhin sprach die Schwester nicht mehr mit ihrem

Bruder, denn sie gab ihm die Schuld. Erst seit sie nicht mehr sprach, merkte der Regierungsrat, daß sie früher mal gesprochen hatte, und er fühlte sich etwas vereinsamt.

Helmi Kanister lag mit gebrochenem Bein im Krankenhaus. Der Regierungsrat mußte sie besuchen. Er tat es ungern, aber es war seine Pflicht.

Im Krankenhaus machte Helmi Kanister einen sehr guten Eindruck auf den Regierungsrat. Heute erst wußte er, daß es eigentlich das Krankenhaus war, das den guten Eindruck auf ihn gemacht hatte. Das Zimmer, in dem sie lag, war sauber, freundlich und streng. Die blinkende Sauberkeit des Krankenhauses rechnete der Regierungsrat Helmi Kanister als Tugend an. Ihm schien, sie habe alles selbst geputzt. Auch hatte er seit vielen Jahren keine Frau im Bett liegend gesehen.

Helmi Kanister sah sehr hübsch aus im Bett. Ihr Gesicht war weich und rosig. Sie lachte nicht mehr glokkenhaft und aufgeregt, sie schoß nicht mit Scherzpistolen, sie sprach klar und vernünftig. Sie rannte auch nicht aufgeregt und übermäßig jugendlich herum – sie konnte sich nicht bewegen. Das gebrochene Bein machte sie still, sanft und hilflos. Und für den Regierungsrat so reizvoll, daß er nach seinem dritten Besuch »Helmi« zu ihr sagte. Er riskierte nichts damit, denn ihr Bein lag in Gips. Sie konnte höchstens Zwitscherlaute ausstoßen, aber ihm nicht wirbelnd und tanzend um den Hals fallen.

Helmi zwitscherte nicht. Sie richtete sich nur langsam auf, um ihr rosa-seidenes Nachthemd ein wenig von ihrer blanken, weißen Schulter gleiten zu lassen. Und sie erzählte dann dunkel und klangvoll von ihrem Leben, das nicht immer schön, sondern meistens schwer war. »Als Kind«, sagte sie, »habe ich im Kirchenchor gesungen, und da bin ich aufgefallen durch meine Stimme. Ich muß gestehen, ich habe in Operetten gesungen, aber ich halte das nicht aus, das ist mir ja alles zu seicht, ich leide ja nur unter dem Betrieb und möchte Ruhe.« Und der Regierungsrat sagte: »Du verstellst dich ja nur, wenn du lachst?« Helmi nickte und sank in die Kissen zurück.

»Ich danke dir für dein Vertrauen«, sagte der Regierungsrat.

Helmi wurde lebenslustig, und die Ehe wurde unglücklich. Helmis Bein war allzu gut geheilt.

Die Schwester, die ihren Bruder nicht mehr liebte, liebte Helmi und gab ihr recht auch dann, wenn sie unrecht hatte. Seit ihrer unvollendet gebliebenen Verlobung haßte die Schwester alle Männer klar und bewußt.

Vielleicht wäre die Ehe ohne die Schwester heiter und erträglich geworden, denn Helmi war sanft, weich und formbar. Helmi und die Schwester wurden Freundinnen.

Männerfreundschaft ist Männerfreundschaft – Frauenfreundschaft ist Männerfeindschaft.

Der Regierungsrat konnte sich nicht scheiden lassen, denn es gab keinen Scheidungsgrund.

Seine Schwester putzte ihm die Schuhe besser denn je, und seine Frau stopfte ihm die Hemden. Nur Gutes geschah ihm. Doch hatte er das Gefühl, daß die Tapeten in seinem Zimmer anfingen zu kichern, bös und hämisch, sobald er ihnen den Rücken kehrte. Da aber ein Zimmer vier Wände hat und jede Wand mit Tapete bekleidet ist, gibt es keine kichernde Wand, der man sich entwenden kann. Es kicherte, das Kichern wurde zu einer Art kleinen Schloßgespensts. Der Regierungsrat floh.

»Herr Doktor«, sagte er zu Karl, »es wurde mir unheimlich, ich hielt es nicht mehr aus. Beide Frauen lachten immer, meine Schwester ist neunundvierzig Jahre alt und meine – meine Frau siebenundvierzig. Wenn Frauen in diesem Alter lachen und kichern wie Backfische, dann ist das ein giftmörderisches Lachen. Ich habe daheim zuletzt gar nichts mehr gegessen. Ich fahre zu meinem Neffen nach Versailles. Ein seriöser Mensch, er lebt seit siebzehn Jahren dort, vielleicht kennen Sie den Namen? Ich habe mich angeboten, seine Kinder in Deutsch und Geschichte und Geographie zu unterrichten. Glauben Sie mir, ich hätte nie geglaubt, daß ich so was nötig haben würde. Aber jetzt bin ich doch glücklich. Man zahlt mir dreihundert Francs im Monat, und außerdem gibt man mir ein schönes Schlafzimmer und Essen. Ich fahre in die Freiheit und bin erleichtert. Die Frauen haben keine Ahnung, daß ich abgereist bin, um nicht mehr zurückzukommen. Keine Ahnung haben die. Ich habe erzählt, daß ich für drei Tage verreisen müßte, um meinen Neffen in Erbschaftsangelegenheiten zu besuchen. Hahaha! Die Frauen – pardon, die Damen! – freute meine bevorstehende Abwesenheit derart, daß sie meine lügenhaften Angaben gar nicht prüften. Oh, ich habe mich in letzter Minute vor dem Tode gerettet.«

Tante Camilla wurde plötzlich unruhig. Sie verlangte, jemand solle mit ihr ins Abteil gehen und ihr die Koffer herunterheben und auf den Gang stellen.

»Aber wir sind doch noch gar nicht da – noch drei Stationen sind's bis Paris.«

»Soviel Last und Angst und Anstrengung wegen der läppischen paar Mark«, sagte Karl, und er erhob sich, um Tante Camilla ins Abteil zu führen.

Er hatte einen sehr schlechten Francwert für die Mark ausgerechnet. Tante Camilla ekelte ihn an – er war schließlich kein Irrenwärter; der Regierungsrat langweilte ihn, und der Früchtehändler machte ihn nervös. Lenchen sah kleinbürgerlich aus und unelegant und hatte einen Rußfleck auf der Stirn.

Widerlich! Der französische Kellner lächelte bereits über die lächerliche Gesellschaft. Mit Recht.

»Ich glaube auch, es ist besser, wenn man ihr den Willen tut«, meinte der ältere Herr. »Mit meiner weiteren Erzählung will ich warten, bis der Herr Doktor zurückkommt.«

Der Zug hielt. Karl kam zurück. »Die Tante ist ruhig, kein Grund zur Besorgnis – sie will jetzt nur auf ihre Koffer aufpassen, und sie wollte, daß ich dich sofort zu ihr schicke, Lenchen. Eine Apfelsine solltest du ihr mitbringen. Die Koffer müssen mit Eisenbeton gefüllt sein – ich hab noch nie so schwere Koffer gehoben. Der junge Mann – er war übrigens ganz gefällig – hat mir geholfen, sie runterzuheben. Die Tante hatte Angst, in Paris nicht rechtzeitig mit ihnen aus dem Zug zu kommen. Nun geh schon, Lenchen.«

Lenchen lächelte den Regierungsrat freundlich an, sie

fühlte sich jung und glücklich. Sie wußte nicht warum. Vielleicht, weil die Sonne schien. Sie fuhr sich mit der Hand durchs Gesicht und verwischte dabei den Rußfleck auf ihrer Stirn und sah nun aus, als sei sie mit ihrem Gesicht in einen Ascheimer gefallen.

Der französische Kellner lachte sie an, und sie lachte zurück. Es würde ihr gut gehen in Paris. Sie liebte Karl, sie hatte ihm geholfen, und nun war er sanft und gut.

Und sie dachte an den jungen Mann aus dem Abteil, der Albert hieß. Es machte ihr Lust, an ihn zu denken. Seine Stimme hatte gezittert, als er gesagt hatte: Eine süßere Frau als dich werde ich nie finden. Lenchen entsann sich der zitternden Stimme und zitterte nachträglich. Sie hatte sich nicht auf den Mund küssen lassen von ihm, das war dumm von ihr gewesen, jetzt fehlten ihr diese Küsse. Aber in Paris konnte sie Versäumtes nachholen.

Es machte nichts aus, wenn sie Karl betrog. Sie betrog ihn ja gar nicht. Seit sie ihn kannte, warf er ihr mit Überzeugung vor, daß sie ihn betrogen habe. Sie hatte es nie getan, bei Gott nicht. Alfred Lieder und Bruno Gottlob waren nicht zu rechnen, denen schrieb sie ja nur Briefe ohne Sehnsucht und ohne Gefühl. Sie hatte immer nur an Karl gedacht und nie an einen anderen Mann. Karl aber glaubte, daß sie ihn bereits mit zehn Männern betrogen habe. Einmal hatte er sie so lange gequält und gebeten, eine Untreue einzugestehen, daß sie etwas eingestanden hatte, was sie gar nicht begangen hatte.

Wenn Karl glaubte, sie habe ihn mit zehn Männern betrogen – so hatte sie ein Guthaben bei ihm und das Recht, ihn guten Gewissens zehnmal zu betrügen. Aber das wollte sie ja gar nicht, sie verzichtete gern auf ihr Recht. Nur ein einziges kleines Mal mit einem einzigen Mann wollte sie ihn betrügen. Sie war bereit, sich mit dem zehnten Teil ihres Anspruchs zu begnügen. Sie fühlte sich jetzt auch nicht mehr so böse und ungerecht behandelt von Karl. Eigentlich fing sie jetzt erst an, ihn wirklich lieb zu haben.

Lenchen stand auf und nahm eine Apfelsine aus Karls Hand.

Der Zug begann zu fahren.

Lenchen schrie auf und streckte die Hand mit der Apfelsine nach dem Fenster.

Alle sahen hinaus.

Auf dem Bahnsteig stand Tante Camilla zwischen zwei großen Koffern und winkte.

Ein Schaffner kam Karl und Lenchen entgegen, als sie durch den Gang eilten. Er sprach deutsch. »Heißen Sie nicht Lenchen aus dem Speisewagen?« fragte er.

»Ja.«

Eine Dame mit zwei schweren Koffern sei ausgestiegen, sagte der Schaffner, eine berühmte Erfinderin in schwarzem Mantel. Und er solle bestellen, daß sie ihr Geld selbst brauche und sich nichts fortnehmen lasse und sie würde in einen anderen Zug steigen und nach dem Süden fahren zu ihrer Erholung.

Der Schaffner betrachtete Lenchen und Karl kühl und etwas höhnisch wie zwei Verbrecher, die er durchschaute. Seine ganze Teilnahme galt Tante Camilla – einer alten, gebrechlichen Frau, der man Geld fortnehmen wollte. Er hatte ihr geholfen, es war gewiß, daß er kein Trinkgeld von ihr bekommen hatte, und es war fast sicher, daß er von Karl oder Lenchen nichts nehmen würde.

Sie saßen im Speisewagen und berieten, die Sonne schien so ekelhaft hell. Neuntausend und dreihundert Mark waren ausgestiegen.

»Man hätte sie keine Sekunde allein lassen dürfen«, meinte der ältere Herr. Karl nahm den Vorwurf auf – er traf ihn so hart als Arzt und Autorität, daß er ihn an Lenchen weitergeben mußte, – »habe ich dir nicht gesagt, du solltest sofort zu ihr gehen?«

»Karl, du holtest doch noch die Apfelsine –«

»Ich habe dir hundertmal gesagt: geh jetzt!«

»Karl!«

»Es hat jetzt keinen Sinn zu weinen – du hast die ganze Sache eingebrockt, du kennst deine Tante, du mußtest wissen –«

»Verflucht noch mal, du mußtest wissen Karl – und wenn's dir lieber gewesen wäre, ich wär verhaftet worden und ins Zuchthaus gekommen und enthauptet …« Lenchen konnte nicht weiter sprechen. Sie hatte vorher geträumt, Karl zu betrügen, jetzt war sie entschlossen, es wirklich zu tun. Sie sehnte sich nach dem jungen Mann.

»Wir wollten doch überlegen«, sagte der Früchtehändler.

Man überlegte.

Karl entschloß sich, auf der nächsten Station auszusteigen und zurückzufahren. Vielleicht traf er Tante Camilla noch und konnte sie zurückbringen. Sie mußte ja erst Geld wechseln, um eine Fahrkarte zu kaufen.

Karl hoffte trübe und verzweifelt, der Regierungsrat hoffte schwächlich mit. Lenchen hoffte nicht, sie war überzeugt, daß man Tante Camilla nicht wiederfinden würde. Sie würde nach Monaten in Potsdam oder Köln auftauchen. Vielleicht. Aber das Geld würde man nicht von ihr bekommen, selbst wenn sie noch was davon hätte. Eher konnte man hoffen, Papiergeld, das man in einen brennenden Ofen gesteckt hatte, unversehrt wiederzukriegen.

Lenchen vergaß den jungen Mann; sie fühlte sich erdrückt von Schuld – sie hätte es wissen müssen, sie hatte es ja gewußt. Karl hatte recht, wenn er böse war.

Man bezahlte den Kellner im Speisewagen. Was blieb noch an Geld? Es langte, daß Karl an der nächsten Station aussteigen und eine Station zurückfahren konnte.

Als Karl ausstieg, besaßen alle Zurückgebliebenen keinen Franc mehr.

Sie saßen im Abteil, ohne Karl und ohne Tante Camilla.

Das Abteil war keine Wohnung mehr, es war fremd und ungastlich.

Der Früchtehändler fand unter seinem Sitz ein Damentaschentuch, das Lenchen nicht gehörte. Man überlegte einige Minuten lang, wem es gehört haben könnte. Und man entsann sich der behäbigen Frau, die so gemütlich gelacht und Butterbrote verteilt hatte und die Schwester eines Henkers war.

Der Früchtehändler wollte das Taschentuch aus dem

Fenster werfen, erschrak aber plötzlich und legte das schmuddelige Tuch behutsam und angeekelt auf den freien Sitz, ihm gegenüber. Da hatte vorher Lenchen gesessen.

Sie saß jetzt neben dem jungen Mann und verwischte Schmutz und Tränen auf ihrem Gesicht. »Ich möchte die Tränen von deinem Gesicht küssen«, sagte der junge Mann leise, und da konnte Lenchen nicht mehr weinen; ihre Augen waren auf einmal wie ausgetrocknet vor Freude. Sie bedauerte das, aber es tröstete sie, zu wissen, daß sie später einmal weinen würde. Und der junge Mann würde auch da sein. Sie würde lange Zeit weinen, sehr lange Zeit.

»Schrecklich«, sagte der Regierungsrat und lehnte die spitzen Fingerkuppen seiner beiden Hände gegeneinander. »Schrecklich.«

Der Früchtehändler stöhnte und nickte, und Lenchen nickte auch, als habe sie die Worte des jungen Mannes nicht gehört. Sie fühlte seinen Atem warm und weich, und sie fühlte Zärtlichkeit für ein welkes, rosabraunes Heckenrosenblatt, das ihr in den Schoß geflattert war. Sie ließ es liegen und sah es an, denn den jungen Mann wollte sie nicht ansehen. Sie hatte sein Gesicht vergessen und fürchtete, daß es ihr nicht mehr gefallen könne.

»Schrecklich«, sagte Lenchen, und der Regierungsrat nickte.

»Ich werde nicht abgeholt«, sagte der Regierungsrat.

»Ich werde auch nicht abgeholt«, sagte der Früchtehändler.

»Ich auch nicht«, sagte Lenchen.

»Ich werde heute oder morgen erwartet«, sagte der junge

Mann stolz und strahlend, »abgeholt werde ich auch nicht, aber ich werde erwartet.«

»Erwartet werde ich auch«, sagte der Regierungsrat, »aber wie komme ich nach Versailles? Wir kommen auf dem Gare du Nord an, nicht wahr? Wir müssen dort auf den Herrn Doktor warten, in drei Stunden ist er zurück mit der Frau Tante, nicht wahr, gnädiges Fräulein? Jedenfalls kommen wir an auf dem Gare du Nord –«

»Wir sind da«, sagte der junge Mann und begann, Koffer aus dem Gepäcknetz zu heben. Zuerst seinen Koffer, dann Lenchens Koffer, dann andere Koffer.

»Ich werd' überhaupt nicht erwartet und abgeholt erst recht nicht, ich könnt gerad so gut weiterfahren«, sagte der Früchtehändler und ließ schläfrig den Kopf sinken.

Lenchen stand auf dem Bahnsteig, umbaut von Koffern. Und um sie war ein Wirbel von schreienden Gepäckträgern, grauer Fremde, hübschen Damen, die mit Blumen im Arm ausstiegen und von Müttern, Ehemännern oder Freunden geküßt wurden. Es wurde viel gelacht, geweint, geküßt – die Luft roch nach Staub und nach Veilchen. Karren mit Koffern wurden an Lenchen vorbeigefahren, ein kleiner weißer Hund bellte.

Sie sah den jungen Mann mit seinem leichten Pappkarton untergehen im Menschengewühl. Sie sah, daß er sich umdrehte und ihr winkte. Sie konnte nicht zurückwinken, ihre Hand war lahm.

Lenchen konnte wieder weinen. Neben ihr stand der Regierungsrat. Sie schwankte, und er legte seinen Arm um ihre

Schultern. Und Lenchen fand, daß kein Pelzkragen so wärmend und schmückend sein konnte wie ein Männerarm. Sie schluchzte laut und sagte: »Er heißt Albert.«

»Ich dachte, er heißt Karl«, sagte der Regierungsrat.

»Ich bin unglücklich«, sagte Lenchen.

»Ich bin ein alter Mann«, sagte der Regierungsrat.

»Ich möchte sterben«, sagte Lenchen.

»Kind, in Ihrem Alter!« sagte der Regierungsrat.

»Ich möchte sterben«, wiederholte Lenchen laut, denn der junge Mann mit dem Pappkarton war zurückgekommen. Lenchen fühlte ihr Herz zucken in freudigem Entsetzen. Und dann fand sie den jungen Mann kläglich aussehend.

Der junge Mann fragte nach dem Früchtehändler. Man hatte den Früchtehändler im Zug vergessen. Der Zug war ausrangiert worden, es gab den Zug nicht mehr, es gab auch den Früchtehändler nicht mehr.

»Soll ich Sie nach Hause bringen?« fragte der junge Mann, und Lenchen nickte und ging mit. Sie mochte den jungen Mann nicht, sie hatte den Regierungsrat lieber. Aber der junge Mann wollte, daß sie mitging.

Und sie sagte dem Regierungsrat das Haus ihrer Tante und bat ihn, auf Karl zu warten und mit ihm zu ihr zu kommen.

»Mir bleibt nichts anderes übrig«, sagte der Regierungsrat und stand ernst, einsam, soldatisch und aufrecht. »Ich kann mich nicht bewegen, weil ich versprochen habe zu warten.« Und weil ich kein Geld habe, hätte er sagen können, aber er sagte es nicht!

Er sah die winkende Hand des Mädchens, das Lenchen

gerufen wurde. Er erkannte ihr fernes, kleines Gesicht, das Tränen überflossen. Er hatte Lust, Lenchens verweintes Gesicht zu trocknen und sagte laut: »Ich bin ein alter Mann.« Es fiel ihm ein, daß er in Paris war, er erschrak und verneigte sich vor den fremden Steinen und wiederholte auf französisch: »Je suis un vieil homme.«

Der Weg einer jungen Frau, »ein Glanz« zu werden

Doris ist Sekretärin bei einem zudringlichen Rechtsanwalt. Sie will nicht mehr tagaus, tagein Briefe tippen, sondern ein Star werden. Sie will in die große Welt, ins Berlin der Roaring Twenties.

Irmgard Keun hat Doris' kunstseidene Abenteuer »naiv und brillant, witzig und verzweifelt, volkstümlich und feurig« beschrieben.
Hermann Kesten

Irmgard Keun
Das kunstseidene Mädchen

Taschenbuch
Auch als E-Book erhältlich
www.ullstein.de

ullstein